아무튼, 뉴욕

아무튼, 뉴욕

신현호

제철소

차례

2부 뉴욕에서 길 찾기

프롤로그

자기 스스로를 100퍼센트 사랑할 수 있을까? 만약 스스로를 완벽하게 사랑하는 것이 어렵다면 자신이 사는 도시를 100퍼센트 사랑하는 일도 불가능하다. 내가 살고 있는 도시에는 만남과 헤어짐, 고통과 즐거움, 밥벌이의 고단함 등등 온갖 감정들이 뒤섞여 있다. 잠시 스쳐 가듯 여행하는 사람처럼 적당한 거리를 둔 산뜻한 관계가 될 수는 없다. 좋은 것을 사랑하는 동시에 끔찍한 것도 견딜 수 있어야 한다. 하지만 100퍼센트가 아니어도 사랑하는 방법은 존재한다. 사실 꼭 100퍼센트일 필요도 없다.

뉴욕이 나에게 100퍼센트의 도시라고 생각한 때도 있었다. 그러다 문득 더 이상 이 도시에서는 도저히 살 수 없을 것 같다고 느낀 적도 있다. 이곳을 너무 잘 알고 있다는 생각에 권태로워하다가 갑자기 모든 것이 낯설게 느껴지기도 했고, 제2의 고향이 되었다고 생각했다가 영원히 이방인으로 남게 될 것 같은 아득한 마음이 들기도 했다.

상대에 대한 깊은 이해에서 나오는 연민이나 오해에서 비롯된 동경 같은 감정이 모두 사랑이라면 대책 없는 도파민 과다 분비의 시기도 사랑이고, 상대로 인해 조증과 울증을 반복하던 시기도 사랑일 것이다. 그렇다면 서로가 완벽한 오답일지도 모른다고 좌절한 뒤 찾아오는 이 감정 역시 사랑이라 불러도 될까? 오랫동안 의심하던 해묵은 질문에 대답해보기로 한다.

한때 서울은 나에게 명백한 오답이었다. 하지만 떠나고 나서야 비로소 서울을 진심으로 좋아할 수 있게 되었고 그곳에도 다른 버전의 정답이 존재한다는 사실을 깨닫게 되었다. 먼 미래에 뉴욕을 떠날 때 똑같은 방식으로 이곳을 그리워하게 될 것이다. 뉴욕에서 평생 살 수 없다면 언젠가는 꼭 만나게 될 그리움이다. 그래서 이미 뉴욕을 떠난 듯이 뉴욕을 그리워할 때가 있다. 이곳에서의 미래가 너무나도 불확실했기에 오히려 지금 내 손에 쥐여진 것을 행운의 부적이라 믿고 살 수 있었고, 영원하지 않은 것들과 언젠가 떠날 것들이 주는 아름다움을 누릴 수 있었다.

세상에 완벽한 것만 사랑받을 수 있다면 그건 그 나름대로 슬픈 일이다. 불완전한 것을 진심으로 사랑하는 나만의 방식은 편애라고 생각했다. 뉴욕의 과도함, 예민함, 그리고 불안정함을 편애했다. 그리고 그 편애의 마음을 기록해보곤 했다. 뉴욕에서의 삶을 글로 번역하는 일은 때로 일기를 쓰는 기분이었고, 어떤 날은 예측대로 전개되지 않는 다큐

멘터리영화를 찍는 고통이었고, 재미없는 농담을 모으는 지루한 작업이었다. 하지만 뉴욕에 대한 글을 쓸 때면 언제나 이 도시를 느리게 여행하는 기분에 빠지고는 했다.

어떤 도시에 살면서 그곳에서의 삶에 대한 글을 쓰는 일이란 가장 느리고 긴 여행일지도 모른다. 사람들이 뉴욕에 대해 뭐라고 말하든, 뉴욕에서 사는 것이 나에게 정답이든 오답이든, 이 도시에 대한 글을 계속 쓸 수 있다면 난 영원히 여행하는 것처럼 여기에서 살 수 있을 것이다. 그리고 뉴욕은 느리고 길게 여행하는 사람에게 더 흥미로운 도시이다.

가이드북의 목적이 새로운 곳에서 길을 잃지 않도록 도시의 이모저모를 상세하고 친절하게 안내하는 것이라면 최대한 가이드북 같지 않은 이야기를 남기고 싶었다. 정보량이 적은 편견과 편애의 리스트. 어쩌면 나는 뉴욕에서 길을 잃고 싶은 건지도 모른다. 처음 뉴욕에 왔을 때 길을 물어보는 나에게 한 노인분이 해준 말을 아직도 기억하고 있다.

"젊은 친구, 이 도시를 여행하는 가장 좋은 방법은 길을 잃는 것이라네(Best way to get around the city is to get lost in the city, son)."

뉴욕에서 길을 잃는 건 꽤 멋진 일이다.

1부

뉴욕에서 길 잃기

미래완료형 시제

입사한 지 1년도 안 되었는데 첫 출장을 뉴욕으로 가게 되었다. 아무것도 모르는 초짜 신입 사원을 뉴욕에 데리고 가겠다는 결정을 내려주신 어른들의 사정은 자세히 알 수 없지만, 내 입장에서는 마다할 이유가 없었다. 신입 사원 티를 내고 싶지 않아서 이것저것 준비를 했다. 영어로 자기소개를 연습하고 예상 질문에 답도 마련하면서 짐짓 이런 출장쯤 평소에 자주 다녔던 비즈니스맨인 것처럼 보이도록 신경 썼다.

하지만 첫 해외 출장은 어떤 식으로든 티가 나기 마련이다. 내가 저지른 거대한 실수가 JFK공항에서 기다리고 있을 거라는 사실을 꿈에도 생각하지 못했다. 출장을 준비하면서 임원분과 함께 호텔까지 이동할 '리무진' 차량을 부탁드렸는데, 짐을 찾고 나와 보니 웬 영화에서나 보던 길쭉한 '진짜' 리무진이 대기하고 있었던 것이다. 성공한 브롱크스 출신 래퍼가 친구들을 잔뜩 불러다 음악을 크게 틀어놓고 샴페인을 마실 것 같은 그런 파티 리무진이었다(차 안에는 실제로 샴페인이 준비되어 있었다). 도대체 어디서부터 잘못되었는지 아무리 생각해봐도 알 수가 없었다. 난 그저 우리 두 사람을 호텔까지 데려다줄 평범한 승용차를 원했을 뿐이다. 심지어 그런 차를 어디서 부를 수 있었는지 지금도 모르겠다.

"이렇게 된 김에 기념사진이나 남깁시다. 샴페인도 드세요."

역시 임원다운 이성적인 상황 판단이었다. 그렇습니다. 이제 와서 환불을 할 수도 없는 일이죠. 그리고 출장 와서 이런 차를 언제 또 타보겠습니까. 얼마짜리인지 짐작도 안 되는 샴페인을 잔에 따랐다. 완벽하게 칠링까지 되어 있었고 맛도 좋았다. 잔을 들고 있는 서로의 사진을 찍어주었다. 짐짓 여유롭게 샴페인 잔을 들어 보였지만, 시간이 한참 지나서 당시의 사진을 보니 얼마의 비용이 청구될지 몰라 겁에 질린 표정이 그대로 찍혀 있었다. (다행히 이 모든 비용은 그 임원분이 처리해주셨다는 해피엔딩입니다.)

좌충우돌 끝에 호텔에 도착했다. 짐을 부리고 난 뒤 가장 먼저 한 일은 오래전부터 동경해오던 레스토랑 르 베르나르뎅(Le Bernardin)에서 식사를 하는 일이었다. 예약 확인 전화를 하고 새로 산 슈트까지 잘 차려입고 호텔을 나서니 바로 그랜드센트럴역이 보였다. 미드 〈섹스 앤드 더 시티〉의 도입부에 나오는 클라이슬러빌딩도 옆에 있었다. 그랜드센트럴은 뉴욕의 첫인상 그 자체였다. 이 역은 맨해튼의 심장과도 같은 곳이다. 심장이 끊임없이 박동하면서 피를 온몸으로 흘려보내듯, 매일 아침 웨체스터(Westchester)나 퍼트넘(Putnam), 멀리는 코네티컷(Connecticut)의 뉴헤이븐(New Haven)에서 도착한 75만 명의 통근자들을 맨해튼 곳곳으로 밀어보낸다.

통근자들이 만들어내는 거대한 흐름 속에 잠시 멈춰 서서 역 중앙홀 천장에 그려진 거대한 별자리를 바라보았다. 그리고 마치 신탁이라도 들은 것처럼 '난 언젠가 여기에서 일을 하고 있을 거야'라고 생각했다. 왠지 좀 이상한 시제였다. 그렇게 되고 싶다는 바람을 이야기한 것도 아니고, 그렇게 될 수 있다는 가능성을 가늠하는 말도 아니었다. 미래의 어느 시점에 '이미' 당연하게 그렇게 될 것 같다는 미래완료형 시제였다.

그 후로도 뉴욕 출장을 몇 번 더 왔고 그 횟수가 늘어갈 때마다 훨씬 더 능숙해졌다. 공항에서 평범한 옐로캡을 타고 시내로 들어올 수 있게 되었고, 출장 때마다 좋아하는 레스토랑의 목록이 하나둘 늘었고, 맨해튼의 지리도 익숙해졌다. 그리고 그 신입 사원은 몇 년이 흐른 뒤 정규직 인터뷰에 초청을 받아 다시 JFK공항에 오게 된다.

물론 그렇게 바로 뉴욕에 입성할 수 있었다면 꽤 멋진 이야기가 되었겠지만 현실은 조금 더 냉혹했다. 첫 인터뷰를 포함해 열 번의 면접을 보았고 아홉 번 떨어졌다. 실망스러운 일이었지만 딱히 불평하려는 건 아니다. 어차피 난 성인이 된 이후로 원하는 곳에 단번에 합격한 적이 한 번도 없었다. 대학도, 교환학생도, 대학원도, 군대도, 들어가고 싶었던 회사도, 유학도, 회사에 들어와 다시 준비해서 지원한 대학원도 모두 다 떨어졌다. 학교 동아리로부터도 거절당했고, 국내 굴지 대기업도 인적성 검사에서 떨어졌다. 이렇게 계속 떨어져도 내 인생은 괜찮은 걸까 싶을 정도였다.

뉴욕 오기 직전 마지막으로 지원한 학교는 정말 꼭 가고 싶었던 곳이었다. 그 학교로부터 불합격 통보를 받은 날 아버지에게 "지금의 너를 이 자리에 데리고 온 건 큰 성공들이 아니라 작은 실패들이었다"라는 위로의 문자를 받았다. 정말 그랬다. 생각해보면 원하는 곳에는 모두 떨어졌지만 거기에서 모든 것이 끝난 것은 아니었다. 플랜A가 성공한 적은 한 번도 없었고 그 문은 닫혔지만 다른 쪽에서 새로운 문이 열렸다. 이러니저러니 해도 플랜B로 잘 채워진 인생을 살아왔던 것이다. 야구선수에 비유하자면 난 시즌 내내 경쟁자를 압도하며 MVP가 되는 타입의 선수는 아니었다. 쳐서는 안 되는 공에 방망이가 나가기도 하고 중요한 순간에 장타나 홈런을 치지도 못했다. 그래도 어찌저찌 꾸준히 출루는 해왔고 종종 중요한 순간에 타점을 올린 것으로 만족했다.

열 번째 인터뷰를 마치고 정식 오퍼를 받았다. 어설픈 운명론자처럼 이야기하고 싶지는 않지만 최종 합격 통지를 받았을 때 크게 놀랍지 않았다. 별 근거는 없었지만 오래전에 정해진 미래가 결국 도착했다는 느낌, 예전 그랜드센트럴역에 서서 미래완료형 시제로 생각했던 일이 이제야 완결되었다는 느낌에 가까웠다. 만약 100개의 평행우주가 있고 내가 서로 다른 100개의 인생을 살고 있다면 아마 98개 정도의 우주에서는 결국 뉴욕에 오지 못한 채 다른 인생을 살고 있었을 것이다(그 98개의 우주도 나쁘지 않은 인생이었을 거라고 생각한다). 어쨌든 남은 그 두 개 중 하나의 우주에 도착할 수 있어서 다행이었다.

인간이라는 존재는 현재라는 시공간에 갇혀서

살 수밖에 없다. 하지만 모두들 다 다른 시제를 살고 있다는 생각이 들 때가 있다. 어떤 사람은 추억과 후회로 가득 찬 과거 시제 속에 산다. 또 어떤 사람은 불안과 희망으로 채워진 미래 시제 속에서 살기도 한다. 이미 지나가버린 과거나 아직 오지 않은 미래를 사는 건 때로는 고통스러운 일이다. 지금 눈앞에 주어진 즐거움과 행복에 집중하려고 노력해보지만 현재 시제를 살기란 생각보다 쉽지 않다. 현재는 너무 빨리 지나가고 때로 절망적이며, 정확한 의미를 파악하기도 힘들기 때문이다.

모든 것이 정체되어 있고 답답할 때는 새로운 예언이 필요하다. 그리고 그 예언에 맞춰 근미래의 미래완료형 시제를 떠올려본다. 미래의 나는 승진해서 꽤 높은 자리에 앉아 그럴듯한 일을 하고 있기도 하고, 한가롭게 여행을 하며 책을 읽고 있거나, 바닷가 소도시에 살면서 생선을 사다가 요리를 하고 있다. 이렇게 예정된 미래가 있고 어떤 식으로든 그 미래가 올 거라 생각하면 왠지 현재를 살기가 좀 더 수월해진다. 현재의 모든 일들이 정해진 미래로 가기 위한 길처럼 느껴지기 때문이다. 미래완료형은 자기실현적 예언의 시제이다. (자기개발서 같은 결론이지만) 예언은 그 자체로 예언을 이루어내는 힘이 있다. 그래서 현재를 사는 일은 종종 오래된 미래가 도착하기를 기다리는 일이기도 하다.

이삿짐의 고고학

"당신을 안개 저편 희망의 세계로 초대합니다."

지금 내 손에는 먼지가 쌓인 영화 시사회 초대장 한 장이 들려 있고 거기에 쓰인 광고 문구를 소리 내어 읽어보던 참이다. 9월 17일 저녁 8시 종로의 코아아트홀에서 상영되는 영화 〈안개 속의 풍경〉 티켓이다. '키노'라는 영화 잡지 시사회에 응모해서 당첨되었던 것 같다. 이제 코아아트홀도 『키노』도 더 이상 남아 있지 않은데 이 영화 티켓은 살아남아 뉴욕까지 왔다. 어쩌다 나와 함께 태평양을 건너 여기까지 왔는지 자세한 기억은 남아 있지 않다. 하지만 이 영화를 보러 가던 그해 9월의 저녁 무렵은 생생하게 기억한다.

당시 나는 고등학생이었고 영화를 보기 위해서는 야간자율학습 시간에 몰래 나와야 했다. 내가 받은 시사회 표는 두 장이었지만 내 주변에는 미래를 위해 열심히 공부하는 친구들뿐이었다. 결국 함께 땡땡이치고 영화를 보러 갈 공범은 구하지 못한 채 종로까지 가는 542번 버스를 타기 위해 교문을 나섰다. 다른 친구들은 저녁을 먹고 다시 학교로 돌아오고 있었다. 한 방향으로 걷고 있는 그 인파를 거슬러서 나 혼자 다른 방향으로 가는 기분이 꽤 그럴듯했다. 긴 시간을 여행해서 뉴욕까지 도착한 이 영화 티켓을 보면서 어쩌면 모두와 다른 방향으로 학교를 걸어 나갔던 그날 꽤 많은 것이 결정된 것은 아닐까, 라는 생각이 들었다.

고등학생 때부터 서울에서 혼자 살았다. 유년 시절을 보냈던 소도시를 빨리 벗어나고 싶어서 서울로 진학했다. 그 도시를 싫어했던 건 아니다. 사실 평범한 유년 시절을 평범하게 보내기 꽤 좋은 수도권의 베드타운이었다. 어릴 때 우리 가족이 살았던 아파트는 옆에 공원이 있고 작은 하천이 흐르는 곳이었다. 나는 공원 옆 초등학교를 다녔다. 아파트 근처에는 상가들이 몇 개 있었고 그 시절 내게 필요했던 것은 거기서 전부 다 살 수 있었다. 짜장떡볶이를 파는 분식집도, 만화책이나 잡지를 살 수 있는 서점도, 꽤 큰 문방구도 있었다. 학교가 끝나면 친구와 아파트 주차장 한구석에서 테니스공으로 캐치볼을 했다. 퇴근 시간 무렵 차들이 들어오기 전까지는 초등학생 둘이서 공을 주고받기에 넉넉한 공간이었다. 작은 동네였지만 나름의 완결된 세계였다.

하지만 완결된 세계는 결국 지루해지기 마련이다(천국의 단점도 지루함 아닐까?). 어쩌다 학교가 일찍 파하면 나의 작고 지루하고 완결된 세계를 벗어나 한 시간 넘게 전철을 타고 영풍문고나 교보문고에 가기도 했다. 전동차에 올라 도시와 도시 사이 아무것도 없는 황무지와 논밭을 지나 다음 도시에 도착하면 나와 같이 탔던 사람들이 내리고 새로운 사람들로 객실이 채워진다. 서울에 가까워져야 비로소 지하철 구간으로 바뀌는데 지상에서 지하로 진입할 즈음 한 번쯤 실내등이 꺼졌다가 켜졌다. 마치 새로운 차원으로 진입하는 신호 같았다. 이 모든 과정 자체가 새로운 세계로 이동하는 경험이었다.

*

비행기도 비슷하다. 조명이 꺼진 기내에서 백색소음을 들으며 몇 시간 멍하니 있다 보면 마치 시간 여행이라도 하고 있는 느낌이다. 출발한 세상과의 모든 물리적 연결이 끊기고 대신 온갖 상념들에 접속된다. 비행기 속에서 오래전 일을 회상하기도 하고 때로는 사랑하는 사람에게 편지를 쓰기도 했다. 어떤 날에는 새로운 세계로 이동하는 붕 떠 있는 기분 자체를 즐겼다. 그렇게 정해진 시간이 흐르고 공항에 착륙하면 시차도, 온도도, 냄새도, 습도도 전혀 다른 새로운 세상과 다시 연결된다.

그런 의미에서 공항은 다른 세계로 진입하는

일종의 관문 같다. 새로운 세상에 이제 막 도착해 앞으로 어떤 일이 펼쳐질지 알 수 없어서 막연한 두려움, 미래에 대한 기대감과 설렘으로 가슴이 부풀어 오르는 동시에 뒤에 두고 온 모든 것이 벌써 그리워지는 느낌, 공항은 이런 감정을 증폭시키는 공간이다. 공항에는 떠남과 돌아옴이 있고 만남과 헤어짐이 있고 기다림과 허전함이 있다. 물론 이 같은 감정들은 세상 어디에나 있다. 하지만 모든 곳에 균질하게 분포하는 것은 아니다. 어떤 감정들은 특정 장소에서 더 밀도가 높다. 공항은 사랑과 그리움, 설렘, 그리고 내가 속한 도시로 돌아왔을 때의 안도감, 보고 싶었던 사람을 다시 만나는 기쁨의 밀도가 높아지는 곳이다.

공교롭게도 한국 생활을 정리하고 JFK공항에 도착한 날도 9월 17일이었다. 출입국관리소에서 여권에 날짜가 찍힌 도장을 받아 나오니 슈트 케이스 두 개와 이민 가방 두 개가 덩그러니 남았다. 30년 넘는 한국에서의 내 삶이 가방 네 개로 요약된 기분이 들었다. 택시 승강장에서 크게 심호흡을 했다. 이미 출장과 여행으로 여러 번 방문한 도시였지만 편도 티켓만 들고 오는 건 전혀 다른 종류의 경험이었다. 새삼스럽게 외국에서 생활인으로 살아본 적이 없다는 사실을 떠올렸다. 과연 잘해낼 수 있을까? 심호흡을 하자 익숙지 않은 공기가 몸 안으로 들어왔다. 이 도시가 갑자기 낯설어지기 시작했다.

그 9월의 아침, 공항의 회전문을 통과하자마자 얼굴에 부딪혀 오던 뉴욕의 가을 공기가 아직도 생생하게 기억난다. 내 인생이 불가역적으로 송두리째 변화한 날을 딱 하루 고르라면 이날을 꼽을 수밖에 없을 것 같다. 지금도 건조하고 차가운 뉴욕의 가을 공기를 들이마시면 막연한 희망과 두려움으로 가득했던 그해 9월이 떠오른다. 마치 방금 JFK공항에 도착한 것처럼 그 모든 감정이 가을 공기에 뒤섞여 내 안으로 들어온다.

*

소도시에서 유년 시절을 보낸 사람이 상상할 수 있는 가장 큰 세계는 서울이었다. 큰 세계를 한번 보고 나니 작은 세계가 더 작아 보였다. 그래서 벗어나고 싶었다. 겨우 서울에 도착했지만 어딘지 모르게 주눅이 들어 있었다. 이곳에서 난 특별한 사람이 아니었다. 특별히 잘하는 것도, 다른 사람에게 보여줄 수 있을 만큼 깊이 좋아하는 것도 없었다.

하지만 기존의 세계를 벗어나 새로운 곳에 발을 딛는 것만으로도 내 우주는 확장되어갔다.

시사회가 끝나고 종로 거리를 걸었다. 중학생이 날을 골라 큰맘 먹고 왔던 그 거리가 고등학생이 되고 나니 그다지 대단할 것 없이 느껴졌다. 모든 십대의 인생이 그렇겠지만 한치 앞이 보이지 않는 짙은 안개가 드리워져 있었다. 땡땡이치고 영화나 보러 다닐 상황은 확실히 아니었다. 종로의 한 편의점에서 혼자 컵라면을 먹으면서 아무 대책도 없이 '대학이야 뭐 어떻게든 되겠지'라고 생각했다. 나를 뉴욕까지 이끌어준 것은 그런 낙관주의였을지도 모른다. 어떤 사람은 태생적으로 낙천적이어서, 어떤 사람은 근거 없이 막연하게, 어떤 사람은 자신의 최선을 믿어서, 또 어떤 사람은 면밀하게 분석해서 내린 결론을 토대로 낙관주의자가 된다. 낙관주의에도 종류가 있다면 나는 그저 낙관이 필요했기 때문에 낙관주의자가 된 '실용적 낙관주의자'이다.

*

여태 이 티켓을 보관하고 있던 이유가 생각났다. 사진이나 동영상이 여러 번 압축되고 전송되면서 열화가 되는 것처럼 사람의 기억도 시간이 지나면서 풍화된다. 기억의 근원이 아니라 과거를 추억하는 내 모습만 기억에 남는다. 그렇게 여러 번 압축되는 과정 속에서 모든 것이 점점 희미해졌을 것이다. 그래서 기억의 원본이 필요하다. 손에 잡히고 눈앞에서 볼 수 있는 물리적인 원본은 언제든 그 기억이 만들어진 근원으로 돌아가게 해준다. 티켓도 JFK공항도 나에겐 어떤 기억의 원본이다.

어디가 될지 모르는 곳으로 더 멀리 가기 위해 짙은 안개 속에서 신발끈을 묶는 두 남매가 담긴 〈안개 속의 풍경〉의 포스터처럼, 눈앞에 아무것도 보이지 않더라도 어디로든 갈 수 있다고, 남들과 다른 방향으로 거슬러 올라가도 괜찮다고, 어디가 되었든 내 나름대로 즐거울 수 있을 거라고 생각하게 만들어준 낙관주의. 9월 17일은 그런 낙관주의를 환기하는 나만의 명절이 되었다. 그리고 JFK공항은 이 사실을 기억하게 해주는, 이야기의 끝에서 다시 새로운 이야기를 시작할 용기를 북돋워주는 장소가 되었다.

뉴욕에서 살아남을 수 있다면

뉴욕이라는 도시는 어떤 개인을 망가뜨릴 수도, 행운이 따르기만 한다면 성취감을 줄 수도 있다. 스스로 이런 행운을 기꺼이 받아들일 준비가 되어 있는 사람만 뉴욕에 와야 한다.*

메이시 그레이(Macy Gray) 공연을 보러 클럽 이리듐(Iridium)에 갔다. 뉴욕에서는 종종 눈앞에서 그래미상 수상 아티스트를 볼 수 있는 공연이 아무렇지 않게 열리기도 한다. 이내 사람들로 꽉 들어차기 시작했다. 만석이라 자연스럽게 다른 커플이랑 합석을 하게 되었다. 남자는 뉴욕에서 나고 자란 토박이로 뱅크오브아메리카에서 일하는 변호사라고 자신을 소개했고, 나는 한국에서 나고 자라 얼마 전 일 때문에 뉴욕에 왔다고 대답했다.

"한국 아니면 북한(South or north)?"

보통 이 질문은 악의가 아니라 무지에서 비롯된 경우가 많다. 딱히 궁금해서 물어보는 것도 아니다. 대답을 해야 하는 사람까지 진부하게 만든다는 점에서 나쁜 질문의 대표적인 사례로 꼽고 싶다. 참

* E. B. White, 『Here is New York』, Little Bookroom, 2000.

신하게 북한에서 로켓공학을 연구하고 대륙간탄도 미사일을 만들다가 미국에 망명한 사람이라고 소개하려다가 그냥 평범하게 "물론 한국이지"라고 대답했다. 내가 한국에서 왔다는 사실에 안심한 변호사는 자기가 코러스라도 되는 것처럼 공연 내내 모든 노래를 걸걸한 목소리로 따라 불렀다. 팬심이라고 하기엔 좀 민폐였다.

"뉴욕에는 어쩌다 오게 되었어?"

옆의 여자 일행이 말을 걸어왔다. 뉴욕에 살면 누구나 받게 되는 흔한 질문이다. 이 도시는 분명한 이유 없이는 목적지가 되기 힘든 곳이기 때문이다. 뉴욕은 그냥 집에서 밥만 먹고 숨만 쉬어도 매달 몇 천 달러가 필요한 도시이다. 얻는 것이 확실하지 않으면 이곳에 살 수 없다. 잠깐 여행으로 오는 것도 쉽지 않다. 지인들이 인사말처럼 '언제 한번 갈게'라고 했지만 실제 여행 오는 사람은 많지 않았다. 여행을 하기에 뉴욕은 썩 좋은 도시는 아닐지 모른다. 물가는 살인적이고 하루 종일 앰뷸런스의 사이렌 소리가 들리고 거리에서는 마리화나와 불쾌한 노상 방뇨 냄새가 난다. 같은 시간과 비용이라면 훨씬 더 쾌적한 선택지들이 많이 있다.

비싸고 시끄럽고 더럽고 때로는 불친절하게

느껴지는 뉴욕이라는 도시를 여행지로 결정한 사람들에게는 분명한 이유가 있을 수밖에 없다. 적어도 이 도시의 무언가를 꼭 경험해보고 싶다거나 뉴욕의 어떤 면에 특별히 매력을 느끼는 사람들이다. 이 질문이 묻고 있는 건 각자 가지고 있는 '분명한 이유'다.

"그냥 운이 좋았어."

하지만 보통 이 정도로 대충 얼버무리고 만다. 이 대답은 누구도 만족시키지 못한다. 애초에 큰 뜻이 있어 유학을 했거나 장기적인 계획을 세워서 이민을 온 것도 아니었으니 딱히 거짓말도 아니다. 물론 언젠가 외국에서 일하고 싶었다. 하지만 그곳이 꼭 뉴욕일 필요는 없었다. 외국에서 공부한 적도 없고 외국어를 특출나게 잘한 것도 아니었으니 사실 막연한 동경에 가까웠다. 그러다 우연히 본사에서 프로젝트를 할 기회를 얻어 단기 파견으로 뉴욕에 오게 되었다. 프로젝트는 힘들었지만 재미있었고 결국 잘 마무리되었다. 일을 하면서 좋은 사람들을 많이 만날 수 있었다. 그 뒤로 그런 멋진 사람들과 다시 함께 일하고 싶다는 생각을 조금 더 구체적으로 하게 되었다. 그리고 결국 이 프로젝트 덕분에 뉴욕에 올 수 있었다.

이렇게 요약하면 간단한 일처럼 들리지만 과정이 평탄했던 것은 아니었다. 더 지원하기 민망할 정도로 계속 떨어졌고 불합격 통보 이메일이 쌓여가면서 내 분수에 맞지 않는 자리였나 좌절하기도 했다. 거절은 아무리 여러 번 당해봐도 익숙해지지 않는다. 별로 자랑스럽지도 않다. 그럼에도 불구하고 왠지 막연하게 행운이 내 편이라고 믿고 있었다. 만약에 행운이 일종의 확률 문제라면 나에게는 시행 횟수를 늘리는 방법밖에는 없었다. 복권을 사지 않으면서 복권에 당첨되길 기대할 수는 없는 일이다.

물론 뉴욕의 많은 이가 나보다는 훨씬 더 나은 대답을 준비해놓는다. 이 도시의 열정과 가능성, 다양성 때문에 오게 되었다고, 자신이 어떤 흥미로운 일을 하며 얼마나 능력 있는 사람인지, 그리고 자기 주변에 얼마나 유명한 사람들이 있는지 그럴듯하게 이야기한다. 나에게도 더 나은 대답이 있으면 좋겠다고 생각한다.

“난 시카고에서 왔어. 시카고도 큰 도시이지만 뉴욕의 스카이라인을 보면, 내가 씨발 좆나 큰 도시에 살고 있구나, 누가 뭐래도 씨발 난 뉴요커구나, 정말 운이 좋다, 렌트비는 미쳤지만, 그런 생각을 해. 너는 안 그래?”

그녀는 갑자기 나를 보면서 동의를 구했다. 하지만 이미 술에 많이 취해 혀가 꼬였고 세 단어에 한 번씩 f로 시작하는 욕을 했다. 나도 적당히 욕을 섞어서 대답해야 하나 싶어 아는 영어 욕을 모아서 머릿속으로 문장을 만들고 있었다. 그녀는 갑자기 일어나 흐느적흐느적 춤을 추다가 플래시를 터트리며 사진을 찍었다. 딱히 내 대답을 듣고 싶어서 한 질문은 아니었던 것 같고 그냥 지금 뉴욕에 있는 스스로가 꽤 자랑스러운 모양이었다.

대단한 성취랄 건 없어서 조금 부끄럽지만 나도 스스로 자랑스럽다고 생각한 적이 있다. 종종 길을 걷다 서서 주위를 둘러보며 이 도시가 사람들의 열정과 욕망을 얼마나 강렬하게 빨아들이고 있는지 새삼 느끼고는 한다. 누구나 자기만의 특별함을 가지고 이곳에 온 것처럼 보인다. 뉴욕은 언제나 그런 사람들이 만들어낸 빛으로 반짝거린다. 여기에 도착한 모두에게 이 도시는 그 자체로 목적지였고 도착만으로도 성취였다.

심지어 지구를 침공하는 외계인들에게도 뉴욕은 기회의 땅이다. 마치 외계인들은 모두 지구정복 가이드북 같은 걸 읽고 있는 것 아닐까 싶을 때가 있다. 그 책의 첫 페이지에 뉴욕이 소개되어 있고 그래서 다들 일단 뉴욕부터 침공을 시작하는 것이다. 거대한 부를 좇아 도착한 야심 찬 월스트리트의 '파이낸스 브로'들도, 브로드웨이의 화려한 무대에 서고 싶어 하는 배우들도, 푸드트럭에서 일하며 자신의 레스토랑을 꿈꾸는 젊은 셰프들도 심지어 지구를 정복하고 싶은 외계인들에게조차 뉴욕은 성취를 가져다주는 도시다.

대답을 머뭇거리는 동안 다행히 내가 주문한 와인이 도착했다. 서버는 와인을 시음해보라고 잔에 조금 따라주었다. 나는 고개를 끄덕였고 서버는 잔에 와인을 더 따랐다.

"너 그렇게 시음하고 '아니(No)!'라고 말하고 돌려보낸 적 있어?" 남자가 물었다.

"아니, 없는 거 같은데?" 멋쩍게 웃으며 대답할 수밖에 없었다. 맛이 이상한 와인이더라도 '아니!'라고 단호하게 이야기할 만큼 나에게 자기확신이 있는지는 잘 모르겠다. 확신이 없을 때 멋쩍게 웃는 스스로의 모습을 좀 싫어한다.

"그래, 그런 놈은 나쁜 새끼(Jerk)지"라며 나보다 더 크게 웃었다. 뭔가 자기확신이 있는 웃음처럼 들렸다. 자기확신이 있는 사람들이 늘 부러웠다.

공연이 한참 남았는데 여자가 시계를 보더니 베이비시터 때문에 먼저 가봐야 할 것 같다며 짐을 챙겼다. 둘은 계산서를 달라고 해서 나누어 내었다. 남자는 일행을 배웅하지도 않고 그냥 자리에 남아 계속 노래를 불렀다. 얼마 뒤 그 남자도 갑자기 걸려온 전화를 받으려 잠시 자리를 비웠다. 그사이 공연은 클라이맥스로 향해 가고 있었고 이번에는 내가 〈I Try〉를 따라 부르게 되었다(제일 좋아하는 곡이라 어쩔 수 없었다). 그가 메이시 그레이의 진정한 팬이었다면 이 곡을 놓친 것을 안타까워했을 것이다. 이내 돌아온 변호사는 더 듣고 싶은 노래가 없다는 듯이 주섬주섬 옷을 챙겨 일어났다.

그가 “우리가 운이 좋다면 다른 공연에서도 만날 수 있을지 몰라”라며 악수를 청했다.

난 지금 두 사람이 모두 언급한 ‘운’에 대해서 생각해보는 중이다. ‘운이 좋다면’이라는 문구가 수식하는 말은 따로 있었을지도 모른다. 사실 이 문장에는 ‘뉴욕에서 살아남을 수 있다면’이라는 가정법이 생략되어 있는 것 아닐까. 그렇다면 그 변호사의 마지막 인사말은 ‘우리가 운이 좋(아 뉴욕에서 생존한)다면 다른 공연에서도 만날 수 있을지 모른다’는 의미였을 것이다.

내가 만났던 많은 뉴욕 사람들이 말버릇처럼 행운을 이야기했다. 행운이라는 단어는 개인적이고 특수한 상황을 보편적으로 만들어준다. 마치 여기에 도착한 것이 우주적 섭리의 일부이며 정해진 운명이라도 되는 것처럼. 그리고 뉴욕이라는 도시에서 생존은 중요한 문제이다. 거대하고 불안정한, 예민하고 냉정한 뉴욕에서 살아남는 데는 정말 운이 필요하다. 뉴욕은 그 운이 자기 것이라고 믿는 운명론자들을 위한 도시일지도 모른다.

"물론"이라고 힘주어 말했다. 내 대답이 꽤 자기확신에 가득 찬 사람의 목소리처럼 들렸을 것이다. 빈말은 아니었다. 정말로 나는 행운이 여전히 내 편이라 생각하고 있었고, 결국 이 도시에서 생존하게 될 거라 믿었기 때문이다.

오래된 뉴욕, 진짜 뉴욕

어쩐 일인지 나는 동쪽 인간이어서 부모님 댁도 동구이고, 고등학교도 대학교도 서울의 동쪽에 있는 곳에서 다녔고, 뉴욕에 와서도 동쪽에 있는 회사를 다니며 집도 계속 동쪽에 얻어서 살았다. 구글 맵의 별표도 동쪽이 훨씬 더 많다. 심지어 잘 때 머리도 동쪽으로 두고 잔다(이건 거짓말이다). 유전자의 명령에 따라 내 두뇌가 동쪽을 선호하는 신호를 계속 발생시키고 있는 걸까? 서쪽에 더 좋은 기회가 있더라도 단순히 동쪽이라는 이유만으로 비이성적인 선택을 하고 있는지도 모른다. 아무튼 이렇다 보니 동쪽으로 편향된 인간이 되었다. 이런 동쪽 인간에게 이스트빌리지(East Village)에 대한 추억이 없을 수 없다.

이스트빌리지에는 한국 사람들이 '센막'이라고 부르는 거리가 있다. 세인트마크플레이스(St. Mark's Place)를 굳이 줄여서 센막이라고 하는 것도 너무 한국적인데, 이렇게 줄임말이 존재할 정도로 한국 사람들에게 사랑받는 동네다. 한식을 먹으려면 꼭 K타운까지 가야 했던 시절에도 이 동네에는 그럴듯한 한식당이 있었다. 예전에 한 예능 프로그램에서 쿠엔틴 타란티노가 박찬욱 감독을 만나서 '똑순이 누군지 아냐?'라고 물어봤다는 에피소드가 소개되었는데, 아마 똑순이는 사람 이름이 아니고 한식집 '또순이(Dok Suni)'였을 것이다. 이 식당은 실제로 타란티노 감독의 단골집이었다. 타란티노는 이 식당을 너무 좋아한 나머지, 직접 투자를 해서 도화(Dohwa)라는 다른 한식집을 함께 냈을 정도였다. 나도 비 오는 평일 오후 또순이의 창가 자리에서 파전에다 양은 주전자에 서빙되는 막걸리를 마시며 빗소리를 듣곤 했다. 문을 닫은 지 10년도 넘었지만 종종 이 집이 생각난다.

일본 식당들도 많이 모여 있어 이 부근을 예전에는 뉴욕의 '리틀 도쿄(Little Tokyo)'라고 부르기도 했다. 정말 골목 여기저기 이자카야와 라멘집, 킷사텐 느낌의 카페 들이 자리 잡고 있다. 일식은 여기 사람들에게 여전히 쿨하게 받아들여지는 음식이다. (일본 바로 옆 나라의 출신인) 내 입장에서는 굳이 뉴욕에서 맛없는 야키도리에 비싼 사케를 마시고 늦은 밤 돈코츠라멘까지 챙겨 먹어야 하나 싶긴 하지만 친구들 사이에서 이 코스는 나름 이스트빌리지를 즐기는 힙스터 코스였다.

히라가나와 가타카나도 잘 구분하지 못하던 친구들에게 나는 일본 음식을 잘 알고 일본어를 읽을 수 있으며 일본어로도 주문이 가능한(그 이상의 대화는 이어갈 수 없는 기초 일본어였지만) 쿨한 아시아인 친구였다. 동북아시아 출신이면 당연히 다 같이 한자를 쓰고 이웃 나라의 언어를 조금씩은 할 수 있을 거라는 선입견은 좀 짜증 나지만, 암튼 나도 어쩌다 보니 학교에서 일본어를 배웠고 한자도 읽을 수 있으므로(마치 제주도 출신들이 집에서 귤나무 키우냐는 질문에 발끈하지만 실제로 보통은 근처에 귤나무가 있는 것처럼) 투덜거리며 그들이 기대한 역할을 성실하게 수행해줬다.

종종 뉴욕에서 오래 산 사람들과 대화하다 보면 '옛 뉴욕(old New York)'에 대한 이야기가 나오곤 한다. 그러니까 일종의 뉴욕 버전의 '라떼는' 같은 건데 많은 사람들이 1980-90년대의 이스트빌리지를 이야기한다. 우연히 식사 자리에서 뵙게 된 포크 가수 한대수 선생님은 이스트빌리지의 한 아이스크림집에서 만난 앤디 워홀 이야기를 해주셨다. 80년대 이스트빌리지는 바스키아와 키스 해링, 제프 쿤스가 활동했던 곳이며 마돈나와 레이디 가가가 살았고, 라몬즈, 브루스 스프링스틴과 패티 스미스의 클럽 공연을 볼 수 있던 곳이었다. 90년대 너바나가 공연한 피라미드클럽(Pyramid Club)도 이스트빌리지에 있었다. 20세기 후반의 이스트빌리지는 그야말로 예술가들의 게토였다고 한다. 물론 나는 실제로 본 적 없는 이스트빌리지다. 책이나 기사, 주변 사람들의 이야기로 만들어진 경험해본 적 없는 가상의 추억 같은 느낌.

이를테면 뮤지컬 〈렌트〉 속 스콰터(Squatter)들이 이스트빌리지의 주인이었던 시절. 빈집을 점유하고 사는 스콰터는 부동산을 사랑하는 한국 사람의 감성으로는 도저히 이해할 수 없는 굉장히 미국적인 현상이다. 미국에서는 타인 소유의 집을 무단으로 점거하고 일정 기간 거주하면 집주인이 그 사람의 물건을 치울 수도 마음대로 내쫓을 수도 없게 된다(퇴거를 위해서는 법원 판결이 필요하다). 왠지 사문화된 법조문처럼 들리지만 꽤 역사가 깊다. 그리고 지금도 여전히 스콰터들이 일으킨 크고 작은 문제들을 심심치 않게 뉴스에서 접할 수 있다. 그런데 이런 스콰터들은 이스트빌리지 특유의 서브컬처의 토대가 되었다.

뉴욕시의 재정이 어려워지고 도시가 제대로 관리되지 못했던 1980-90년대 전기도 난방도 끊긴 빈집들이 이스트빌리지에 꽤 많았다고 한다. 덕분에 자연스럽게 이 동네에 스콰터들이 모이기 시작했다. 그리고 이렇게 버려진 집들을 나름대로 살만한 환경으로 바꾸고 전기나 난방을 자급자족하며 자기들만의 커뮤니티를 이루고 살았다. 그 시절 스콰터는 단순히 남의 사유재산을 무단으로 점거하는 사람들만은 아니었던 것이다. 아무도 쓰고 있지 않은 땅이나 건물에 쓰임새를 만들고 공동화되어가는 거리를 재생하는 활동가로 스스로를 정의하기도 했다. 지금은 상상하기 힘들지만, 이스트빌리지에 무장한 장갑차 등 공권력이 동원되어 대치 상황이 벌어지기도 했다. 이 과정에서 결국 쫓겨난 사람들도, 권리를 인정받아 부동산의 소유권을 얻어낸 스콰터들도 있다. 아무리 내 머리로 이해가 되지 않는 일이라도 100년 넘게 유지되고 있다면 그 나름의 이유가 있을 것이다.

이스트빌리지에는 이 같은 역사적 장소를 돌아보며 그 시절 급진주의자들에 대한 설명을 들을 수 있는 가이드 투어들이 적지 않다. 이런 이야기를 듣고 있다 보면 내가 알고 있는 이스트빌리지가 같은 장소가 맞는지 새삼 낯설어진다. 그동안 가장 많이 다녔고 오랜 시간을 보냈던 동네의 이면에 다양한 과거가 퇴적되어 있다는 사실에 또 한번 놀라게 되는 것이다. 난 이 도시를 잘 알고 있는 걸까? 내가 지금 보고 있는 뉴욕이란 결국 어떤 시대의 한 단면일 뿐인 걸까.

메트로폴리탄박물관에서 CBGB라는 이스트빌리지에 있었던 전설적인 클럽의 화장실을 그대로 재현한 전시가 열린 적이 있다. 그 과격한 시절의 공기를 (불쾌한 냄새 없이 쾌적하게) 느낄 수 있는 작품이었다. 한 친구가 이 작업을 보고 "이게 진짜 뉴욕이지(This is true New York)"라고 이야기했다. 그때는 '진짜'에 대해 이야기할 만큼 뉴욕을 잘 안다고 생각하지 않던 시절이라 그냥 고개를 끄덕이고 넘어갔는데 시간이 한참 지난 지금도 그 말이 떠오를 때가 있다.

진짜 뉴욕은 뭘까? 지금의 뉴욕은 가짜일까? 난 진짜 뉴욕을 알고 있나? 심지어 진짜 뉴욕을 본 적은 있나? 이런 질문을 반복할수록 내 생각은 '진짜'라는 단어 위에서 미끄러진다. 내가 이곳에 소속되어 뿌리를 내리고 사는 사람이 아니라, 겹겹이 쌓인 지층의 가장 위 표층만 훑고 지나가는 외부인이 된 것 같은 기분이 든다. 진짜의 실체에 대한 집착은 가짜만 배제하는 게 아니라 그 사이 수많은 '덜 진짜'와 '덜 가짜' 그리고 '다른 버전의 진짜'까지 모두 소외시킨다. 부정할 수 없는 하나의 진짜가 존재한다면 나머지는 다 진짜가 아니기 때문이다. 하지만 진실은 언제나 스펙트럼으로 존재한다고 믿는다.

21세기의 이스트빌리지는 젠트리피케이션을 두세 번쯤 거쳐왔지만 여전히 특유의 쿨함을 유지하고 있다. 지금도 많은 젊은이가 모이고 흥미로운 일들이 매일 밤 벌어지는 동네다. 엘비스 프레슬리와 프랭크 시내트라가 녹음하고 에릭 클랩턴, U2가 공연을 했던 더리츠(The Ritz)는 웹스터홀(Webster Hall)이란 이름으로 남아 있고, 북미 투어를 하는 수많은 밴드들이 이곳을 거쳐 간다. 안젤리카 같은 독립 영화관들도, 디자인 서점도, 오래된 빈티지 가게들도 여기저기 흩어져 있다. 어떤 이유에서인지 이스트빌리지는 다른 동네와는 다른 뭔가 강력한 젊음의 중력이 작동하는 것 같다. 이 힘은 20세기의 이스트빌리지가 켜켜이 쌓아 올린 문화적 퇴적물에서 만들어지는 인력인지도 모른다.

이스트빌리지에서의 밤은 보통 젊은 사람들 사이에 섞여 시끌벅적한 클럽이나 바를 한두 군데 들러야 끝이 난다. 평생 클럽이라는 공간을 즐겨본 적은 없지만 90년대 영국 음악같이 좋아하는 음악을 틀어준다는 곳이 있으면 한번씩 가보게 된다. 이걸 클러빙이라고 부르기엔 좀 민망하고, 내 입장에서는 늦은 밤 짝짓기 기능을 충실히 수행하는 싱글들 사이에서 뻘쭘하게 맥주나 진토닉을 홀짝이며 음악을 듣는 것으로도 충분히 모험적인 밤이다. 하지만 결국 구석에 벽지같이 붙어서 모두가 흥겨워하는 것을 문화인류학적 관점에서 관찰하다 졸릴 때쯤 너무 늦지 않게 집에 돌아온다(에너지 레벨이 낮은 사람이 클럽을 즐기는 좋은 방법이다).

우리 모두 조금 더 미쳤던 어느 날 밤에는 만취한 친구가 갑자기 '지금 전혀 알아들을 수 없는 언어의 이국적인 음악을 듣고 싶다'며 구글 맵을 검색해서 우리를 우즈베키스탄 음악(문득 자신이 없어지는데 우크라이나였을 수도 있습니다…)이 나오는 클럽에 끌고 갔다. 원래 이곳은 동유럽 이민자(이들도 동쪽 인간들인 걸까요?)들이 많이 사는 거주 지역이었다. 그 친구가 무대 중앙을 장악하고 많은 사람들의 (비)웃음과 박수를 받으며 추던 (막)춤이 내 기억 속에는 아직도 생생하게 남아 있는데 정작 본인은 전혀 기억을 못 하고 있다.

번잡하고 시끄러운 분위기가 싫은 날 가는 곳도 있다. 모두가 속삭이면서 이야기해야 한다는 규칙이 있는 캐슬벌프(Castle Burp)라는 술집이다. 벽 한쪽에 "맥주 양조 수도사의 규칙에 의해 속삭임만 가능(Whispering only by order of the BREWIST Monks)"이라는 안내문이 붙어 있다. 뉴욕의 펍에서는 다들 복식호흡으로 소리를 지르며 이야기하다 보니 모두가 목소리를 높이지 않으면 대화를 할 수 없는 악순환에 쉽게 빠지게 된다. 캐슬벌프는 반대로 모두가 속삭이면서 이야기해야 한다. 목소리가 너무 커지면 바텐더의 제지를 받기도 한다. 실제 인테리어도 적막한 중세 트라피스트 수도원 같다. 그리고 이렇게 기나긴 밤이 끝나갈 때쯤 늦은 시간까지 문을 여는 일본 라멘집에서 꽤 그럴듯한 츠케멘 같은 걸 먹거나 H마트가 닫기 전에 간단히 장을 보며 마감 세일을 하는 김밥 같은 걸 사서 집에 돌아온다.

터벅터벅 집으로 오는 길, 늦은 밤 거리는 여전히 젊은 사람들로 가득 차 있다. 알아들을 수 없는 노래를 부르며 무단횡단을 하는 취객과 길에서 담배를 피우며 우버를 기다리는 사람들이 뒤섞여 있다. 누군가는 코인 빨래방 형광등 불빛 아래에서 책을 읽으며 밀린 세탁을 하고 있다. 술집 앞 ATM

에서 돈을 뿜으며 키스를 하는 커플과 술에 취해 피자집에서 페퍼로니 슬라이스를 야식으로 먹는 사람들이 이스트빌리지의 밤을 밝힌다. 쿨하고 힙하고 멋진 사람뿐 아니라, 평소 저녁 10시면 잠자리에 들면서 가끔 큰마음 먹고 나오는 나 같은 내향인에게도 나이트 라이프를 허락한다는 점에서 여전히 이스트빌리지는 모두에게 모든 것을 허용하는 충분히 급진적인 곳이다.

각자가 자기만의 '오래된 뉴욕'에 대해서 이야기한다. 누군가는 급진주의자들의 해방구였던 이스트빌리지를, 누군가는 1달러 피자와 1달러 해피아워 오이스터가 흔했던 시절을, 태풍 샌디 때의 대정전 일화들과 조금은 위험했지만 매일 어디선가 재미있는 일이 벌어졌던 시기의 뉴욕을, 어느 골목의 델리에 들어가도 맛있는 샌드위치를 먹을 수 있었던 시절을, 언젠가 팬데믹으로 텅 비어버린 뉴욕을 '오래된 뉴욕'으로 기억할 것이다. 그리고 그 오래된 뉴욕 속에서 진짜 뉴욕을 이야기한다. 나도 나만의 버전의 오래된 뉴욕이 있다. 그리고 그 이야기는 언제나 이스트빌리지에서 시작된다.

팬데믹의 기억

외관적으로 포위된 상태 속에서의 연대 책임을 시민들에게 강요하던 질병은 동시에 전통적인 결합 형태를 파괴하고 개개인을 저마다의 고독 속으로 돌려보내고 있었다.*

한 연구에 따르면, 팬데믹 기간 동안 자가 격리 기간을 오래 겪은 사람들은 평소와 다른 생생한 꿈을 꾸게 된다고 한다. 어느 날 꿈속에서 나는 초여름 기운이 완연한 미드타운 야외 테라스에 앉아 점심을 먹고 있었다. 사람들이 분주하게 오고 가는 모습이 보이고 멀리서 신경질적인 클랙슨 소리와 긴급한 사이렌이 들리는, 여느 때와 다를 바 없는 주말의 미드타운이었다. 메뉴판을 보며 음식을 고르는 동안 마실 와인을 먼저 주문했다. 한낮의 햇볕은 따갑기보다 따뜻했다. 땀이 나기도 전에 이내 선선한 바람이 얼굴을 어루만지고 지나갔다. 얼음을 가득 채운 아이스 버킷에서 지금 막 꺼내 든 와인병의 차가운 감각이 손바닥에 그대로 느껴졌다. 초여름의 햇빛이 초록색 유리병을 투과하며 테이블 위에 알 수 없는 빛의 패턴을 흩뿌려놓는 것을 잠시

* 알베르 카뮈, 『페스트』, 김화영 옮김, 민음사, 2011.

멍하게 보고 있었다. 와인 잔에 화이트와인을 따르는 소리가 바로 귀 옆에서 들렸다.

잠에서 깨어보니 창밖으로 부슬부슬 비가 내리고 있었다. 꿈속의 모든 장면이 너무나 생생해서 침대에서 눈을 떴는데도 손을 뻗으면 바로 옆에 차가운 와인 잔이 놓여 있을 것만 같았다. 잠결에 마지막으로 레스토랑에서 식사를 한 지 몇 달이나 지났다는 사실을 겨우 기억해냈다. 전 세계 주요 도시들이 모두 문을 걸어 잠근 채 코로나바이러스가 잦아들기를 기다리던 시기였다. 이 바이러스는 사람들이 만나는 것을 두렵게 만들었다. 이 도시에 남아 있는 사람들은 바이러스에 포위된 채 록다운(Lockdown)의 무거운 공기 속에서도 계속 숨을 쉬려 노력하고 있었다.

*

2020년 3월 4일 나는 그랜드센트럴역 애플스토어에 있었다. 그날은 뉴욕시가 두 번째 코로나바이러스 확진자를 발표한 다음 날이었다. 2번 확진자는 뉴욕에서 북쪽으로 한 시간 정도 떨어진 교외의 부촌 웨체스터에 살고 있었고 네 아이의 아버지였으며 맨해튼으로 출퇴근하는 변호사였다. 그렇다면 그랜드센트럴역을 거쳐 통근하는 사람이었을 것이다. 그날도 다른 날과 마찬가지로 수많은 사람이 그랜드센트럴역을 채우고 있었지만 어느 누구도 마스크를 쓰고 있지 않았다. 나도 마스크 없이 애플스토어에서 새로 나온 제품들을 구경하며 아이폰을 산 뒤 보호필름을 붙여준 직원분과 가볍게 인사를 교환하고 악수를 나눴다. 그 이후로 몇 년 동안 나는 가족 이외의 그 누구와도 악수를 할 수 없었다.

이틀 뒤에 뉴욕주는 바로 비상사태를 선포했다. 역시 특별할 것 없는 평범한 주말 오후였다. 별 생각 없이 외출해 소호에서 시간을 보내다 집으로 돌아왔다. 여전히 마스크를 쓴 사람은 없었고 비상시국이라기에는 거리에 사람들이 너무 많았다. 그때까지만 해도 나는 '맥주 사재기를 하겠다!'라는 농담을 할 정도로 여유가 있었다. 상황이 심상치 않다고 느꼈던 것은 생필품들이 있어야 할 매대가 텅텅 비어 있는 뉴스 화면을 몇 차례 반복적으로 접하고 나서였다. 최대한 덜 붐비는 비 오는 평일 아침 시간을 골라 집 근처 꽤 규모가 있는 그로서리 스토어에 장을 보러 갔다. 하지만 매대는 정말 비어 있었다. 화장실 휴지도 파스타도 없었다. 자본주의 최첨단의 도시 한가운데에서 생필품이 없어 사지 못

한다는 건 생각보다 훨씬 더 공포스러웠다. 집으로 돌아와 배달 앱을 모두 열어서 휴지를 검색해봤다. 역시 재고가 있는 곳이 하나도 없었다. 집에 쌀이 얼마나 있는지 확인하고 미리 주문을 해두려 했지만 가장 가까운 배달 가능 날짜는 3주 뒤였다.

*

팬데믹 초기의 뉴욕은 그야말로 전쟁터였다. 하루에도 수백 명의 사람들이 죽어갔다. 시신을 병원에서 다 수용할 수 없어서 냉동차에 실어 거리에서 며칠씩 보관해야 했다. '전장(戰場)'이라는 단어 이외의 다른 말로는 표현할 길이 없었다. 하지만 이 전쟁터는 그 어떤 곳보다 고요했다. 록다운이 되고 나서 한 달 넘게 집 건물 밖으로 한 발짝도 나가지 못했다. 쌀이 떨어져 처음으로 집 밖에 나왔을 때의 풍경을 잊을 수가 없다. 목요일 오후 6시 뉴욕의 중심 파크애비뉴는 데 키리코의 그림처럼 적막했다. 관광객도 없었고 자동차도 보이지 않았다.

평범한 일상은 너무나 무력하게 무너졌다. 대화가 불가능한 시끄러운 펍에서 마시는 크래프트 맥주, 관광객과 뉴욕 사람 들이 뒤섞인 레스토랑, 플리마켓, 점심시간만 되면 한참을 줄 서야 먹을 수 있던 푸드트럭들도 모두 사라졌다. 엠파이어스테이트빌딩은 심장 박동 같은 붉은 조명을 매일 밤 밝히고 있었고 몇 달 동안 24시간 내내 앰뷸런스 소리를 듣고 지냈다. 팬데믹은 이 도시의 구석구석을 서서히 죽음으로 몰아가고 있었다.

많은 친구와 동료 들이 전쟁터 같은 뉴욕을 탈출했다. 원격근무가 가능해지고 나니 교외의 한적한 동네에 마당 있는 집이 도시의 삶보다 훨씬 더 매력적이 되었다. 아예 다른 주로 이주를 해버린 친구도 있었다. 소셜미디어를 통해 보는 서울의 모습은 전혀 달라 보였다. 불편하지만 그럭저럭 일상을 유지하고 있는 친구들에게 록다운의 암담함을 설명하는 게 쉽지 않았다. 그제야 내가 뉴욕에 고립되었다는 사실을 알게 되었다. 고립감이라는 감정은, 언제나 수많은 사람이 오고 가는 뉴욕 같은 대도시에서는 쉽게 느끼기 힘들다. 하지만 난 꽤 오래전부터 이미 고립되어 있었는지도 모른다. 평소에는 뉴욕에 여행이나 출장을 오는 사람이 늘 있었고, 친구와 동료 들이 있었다. 그런 사람들을 만나 시간을 보내는 것만으로도 충분히 누군가와 연결되어 있다고 느꼈던 것 같다. 하지만 이런 폭풍이 불어닥치면 내가 내린 뿌리의 깊이를 알 수 있다. 난 어디에도 속

하지 못한 채 계속 부유하면서 살고 있었다. 그 사실을 팬데믹을 통해서 깨닫게 된 것뿐이다.

*

잡지 『뉴요커』의 표지 일러스트는 언제나 특정 시점의 뉴욕을 정확하게 포착한다. 몇 년 치의 일러스트를 훑어보는 것만으로도 뉴욕의 과거와 현재를 느낄 수 있을 정도다. 팬데믹이 1년 넘게 지속된 2021년 4월 첫째 주 『뉴요커』 표지에는 뉴욕의 한 지하철역 플랫폼에서 마스크를 쓴 아시아계 모녀가 전철을 기다리는 일러스트가 실렸다.

트럼프는 공식 석상에서 코로나바이러스를 '중국 바이러스(Chinese Virus)'라고 불렀다. 팬데믹에 지친 사람들의 분노를 특정 인종에게 돌려 더 많은 차별과 혐오를 만들어내는 치명적인 표현이었다. 코로나바이러스가 퍼진 뒤 뉴욕에서는 아시아인을 표적으로 하는 증오 범죄가 늘어나기 시작했다. 미국에서 나고 자란 중국계 미국인이 맨해튼 한복판에서 햄버거를 기다리는 동안 '당신 나라로 돌아가라'는 고함 소리를 듣는다. 뉴욕의 퀸스에서는 산책하던 할머니가 누군가가 갑작스럽게 휘두른 주먹에 쓰러지기도 한다. 비슷한 시기 애틀랜타에서는 여섯 명의 동양인 여성이 총격으로 살해되었다. 특별한 원한 관계에서 벌어진 범죄도 아니었다. 차별과 혐오는 다수에서 소수로, 강자에서 약자에게로 흐르게 된다. 아시아인 중에서도 특히 여성들이 이런 증오 범죄에 손쉬운 타깃이 되었다.

그렇게 동양인의 혐오가 고조되고 있던 시기에 이 표지가 『뉴요커』에 실린 것이다. 일러스트레이터는 인터뷰에서 이런 일련의 혐오 범죄를 떠올리며 작업했다고 밝혔다. 표지 그림 속 엄마는 운동화를 신고 딸의 손을 꼭 잡고서 초조하게 시간을 확인하고 있다. 어린 딸은 누군가 오고 있지는 않은지 주변을 두리번거리는 것처럼 보인다. 하지만 위협이 될 만한 다른 어떤 누구도 그림 안에 존재하지 않는다. 빈 플랫폼에는 엄마와 딸 단둘뿐이다. 지하철이라는 가장 일상적인 공간 속에서도 긴장을 늦출 수 없게 만드는 이유는 분명했다. 팬데믹 당시 뉴욕을 경험한 사람이라면 두 모녀가 집에 무사히 돌아갔는지 걱정할 수밖에 없다.

이 표지는 모녀를 둘러싸고 있던 다층적인 차별과 혐오, 그것들이 만들어내는 두려움의 묵직한 공기를 그려냈다. 누군가는 이 표지를 보고 '그냥 일상적인 뉴욕 지하철의 풍경 아닌가?'라고 생각했을지도 모른다. 언젠가부터 이 그림 속에 있는 두려움을 읽어낼 수 있는 사람과 아무런 불안을 느끼지 못하는 사람들이 자연스럽게 나눠어지기 시작했다. 차별과 혐오는 사실은 공기 같은 것이다. 막상 눈에는 보이지 않지만 마치 기압처럼 언제나 나를 둘러싸고 일정한 압력을 만들어내는 무언가이다.

*

뉴욕에서 가장 사랑하는 브런치 레스토랑은 이스트빌리지의 '프룬(Prune)'이었다. 뉴욕에 여행 오는 친구가 브런치를 먹고 싶다고 하면 늘 이곳에서 약속을 잡았다. 음식도 맛있고 서비스도 훌륭했지만 다른 곳에서는 볼 수 없는 열 가지가 넘는 다채로운 블러디메리, 그리고 다섯 가지가 넘는 다양한 미모사가 특징이었다. 평소 줄을 서는 식당에는 잘 가지 않지만 기다리는 것까지 식사의 일부라고 생각할 정도로 좋아했다. 과거형으로 말할 수밖에 없는 이유는 팬데믹 중에 문을 닫았기 때문이다. 프룬의 셰프 가브리엘 해밀턴(Gabrielle Hamilton)은 더 이상 손님을 받을 수 없는 가슴 아픈 소회를 『뉴욕타임스』에 남기고 식당 문을 닫았다.

하늘 높은 줄 모르고 치솟던 확진자와 사망자

의 그래프가 겨우 꺾이면서 폐허 같던 도시는 다시 맥이 뛰고 미세하게 숨을 쉬기 시작했다. 마침내 도서관과 미술관이 부분적으로 열리고 상점들도 손님들을 받을 수 있게 되었다. 하지만 프룬은 돌아오지 않았다. 사라진 레스토랑을 떠올리는 일은 이미 세상을 떠난 사람을 기억하는 일과 비슷하다. 죽음에는 적절한 의식이 필요하다. 프룬이 문을 닫게 된다는 걸 미리 알았다면 마지막으로 한 번 더 방문해서 그 레스토랑의 음식들과 그곳에 남겨진 기억들을 다시 떠올려볼 수 있었을 것이다. 곁에서 사라지고 나서야 소중함을 깨닫는 것은 너무나 진부한 일이지만 레스토랑에서 도착한 '부고'를 보고 나서야 내가 얼마나 이 식당을 좋아했는지 깨닫게 되었다.

음식을 먹는다는 것은 특정 시간을 기억하는 방법 중에 하나다. 『잃어버린 시간을 찾아서』*에서 마르셀이 '홍차에 적신 마들렌'을 통해 자신의 유년 시절을 회상하듯, 프룬을 생각하면 한가로운 주말 오전 뉴욕에 여행 온 친구들과 함께 나눴던 대화들, 지독한 숙취의 기억과 블러디메리 두 잔에 적당히 취해 이스트빌리지 거리로 나왔을 때 쏟아지는 햇

* 마르셀 프루스트, 김희영 옮김, 민음사, 2012.

살 같은, 팬데믹 이전의 어떤 뉴욕을 떠올릴 수 있다. 이런 기억은 마르셀의 말처럼 "오랫동안 영혼처럼 살아남아 다른 모든 것의 폐허 위에서 회상하고 기다리고 희망"할 수 있게 해준다. 그렇게 폐허가 된 뉴욕에서 사람들은 각자 자기만의 기억으로 그 희망을 지켜냈다.

*

록다운이 풀리자마자 가장 가보고 싶었던 곳은 미술관이었다. 하루는 용기를 내어(당시에는 정말 외출에 용기가 필요했다) 가장 사람이 적을 것 같은 날을 골라 MoMA에 갔다. 미술관 실내는 귀에서 이명이 들릴 정도로 고요했고(이 도시에서 희귀한 것 중 하나는 침묵과 정적이다) 내 모든 시야가 전시된 그림들로 꽉 채워졌다. 그리고 그날 이후 팬데믹 중의 MoMA 515 갤러리는 내가 뉴욕에서 제일 좋아하는 장소 중 하나가 되었다.

이 방에는 다른 작품 없이 모네의 수련 그림 패널 세 개만 전시되어 있다. 그리고 큰 그림 앞에 벤치가 놓여 있다. 12미터가 훌쩍 넘는 거대한 작품의 스케일 때문인지 완만한 곡선으로 관람객을 둘러싼 것처럼 설치한 전시 의도 때문인지 그 벤치에 앉아서 그림을 보고 있으면, 모네가 머물며 수련을 그렸던 프랑스의 소도시 지베르니 어느 연못 앞에 실제로 앉아 있는 듯한 기분마저 든다. 이 그림을 혼자서 보게 된 것이다.

이런 종류의 감상이 가능할 거라고는 한 번도 생각해본 적 없었다. 뉴욕의 주요 미술관에서 작품을 감상하는 일이란 대형 콘서트장에서 공연을 보는 것과 비슷하다. 보고 싶은 작품과 나 사이를 가득 메운 인파가 모두 자신의 스마트폰을 들고 영상과 사진을 찍고 있다. 반 고흐의 〈별이 빛나는 밤〉을 감상할 때는 수많은 이의 손에 들린 스마트폰 화면 속 〈별이 빛나는 밤〉 복제품을 동시에 열 개쯤 보게 된다. 그런 식으로 사람들에게 떠밀려 가다 보면 하염없이 그림을 감상하는 건 애초에 불가능한 일이 된다.

아무도 없는 전시실에 한참을 앉아 있었다. 파리 교외 연못의 풍경이—인상파 화가들이 의도했던 것처럼—내 눈앞에 고정되어 있고 적막한 공간에서는 아무 소리도 들리지 않았다. 그렇게 긴 시간은 아니었다. 하지만 적막 속에 그림만 보고 있으니 팬데믹이 뒤흔든 그 수많은 사건이 MoMA 515 갤러리에서 잠시 멈춰버린 것 같았다. 누군가 적막을 깨

트려주지 않으면 팬데믹도 영원히 이 그림처럼 고정되어버릴 것 같았다. 의자에서 일어나면서 "지금 이 순간이 먼 훗날에도 기억날 것 같아"라고 중얼거렸다. 주문을 외운 것처럼 다시 현실로 돌아왔다.

*

소설에서 '사건'이란 한번 겪고 나면 다시는 예전으로 돌아갈 수 없는 어떤 이벤트를 의미한다고 한다. 이 정의를 적용하면 팬데믹은 분명히 뉴욕에 벌어진 거대한 '사건'이다. 그리고 이것은 그럴듯한 픽션이 아니라 몇 년 동안 지속된 실재한 재앙이었다. 팬데믹 기간 동안 많은 사람들이 사랑하는 사람들을 잃었다. 뉴욕 사람들이 좋아하는 것들—주말 아침의 블러디메리, 강아지와 함께 하는 공원 산책, 북적이는 레스토랑과 거리 공연, 미술관—을 무너뜨리고 도시를 폐허로 만들어놓았다.

지금 그 잔해 위에 다시 새로운 일상을 쌓아 올리는 중이다. 도시의 소음과 브로드웨이의 공연이 되돌아왔다. 출장과 여행으로 방문하는 친구들, 동료들과 어깨를 살짝 부딪치며 농담을 나누는 해피아워, 누군가의 재채기에 '블레스 유(Bless you)'라고 빌어주는 무심한 행인의 호의도 돌아왔다. 하지만 어떤 것들은 영영 돌아오지 못했다. 아직도 문득 팬데믹 시기가 생각날 때가 있다. 포스트 아포칼립스 영화 속 한 장면 같던 타임스스퀘어, 텅 비어 있던 목요일 오후의 파크애비뉴, 아무도 없던 MoMA 515 갤러리를 이제 와서 떠올려보면 너무 초현실적이라 정말 실제로 일어났던 일인가 싶다.

한 연구에 따르면, 팬데믹 기간 동안 자가 격리 기간을 오래 겪은 사람들은 평소와 다른 생생한 꿈을 꾸게 된다고 한다. 지금도 갑자기 꿈에서 깨어 다시 돌아온 이 평화로운 일상이 모두 눈앞에서 사라지는 건 아닐까 진지하게 두려워질 때가 있다.

한아름마트에서 울다

『뉴요커』에서 'Crying in H mart'라는 글의 제목을 보고 나도 모르게 울컥했다. 이 제목이 가진 힘은 굉장하다. H마트는 외국에 사는 사람이 자신의 뿌리와 멀리 떨어져 있다는 사실을 끊임없이 깨닫게 해주는 곳이기 때문이다. 고국에 대한 향수를 가장 많이 달래는 곳이면서 동시에 고국에 대한 향수를 가장 많이 느끼게 만드는 아이러니한 공간이다. 가족과 떨어져 미국에서 살고 있다면 언젠가 한 번쯤은 H마트에서 눈물 맺힐 일이 생긴다.

처음 뉴욕에 왔을 때 H마트는 '한아름마트'라는 조금 더 정겨운 이름이었고 규모도 지금처럼 크지 않았다. 미국의 그로서리에서 살 수 없는 삼겹살이라든가 무말랭이나 오징어채 같은 밑반찬, 포장김치 같은 것들이 시야에 있는 것만으로도 타지 생활이 훨씬 더 견딜 만해졌다. 이제 와서는 H마트가 없는 이민 생활은 상상하기 힘들다. 누가 미국 어떤 도시로 이사 간다는 이야기를 들었을 때 할 수 있는 가장 큰 걱정은 아마도 '거기는 H마트도 없는데?'일 것이다.

H마트는 정체성의 증거를 찾는 곳이기도 하다. 내 물리적인 육체가 결국 먹은 것들이 대사된 유기물이라면, 성인이 된 나를 구성하는 상당 부분

은 H마트에서 온 것이다. H마트에서 어떤 재료를 살지 목록을 만들 때는 내가 먹고 싶은 추억의 음식들을 머릿속에 떠올려보고 그걸 원재료로 하나하나 쪼개는 과정을 거친다. 외국 생활에서 만들어 먹는 한식이란 기억을 분해해서 사가지고 온 식재료를 재조립하는 과정이기도 하다. 그렇게 만든 음식을 통해 무너진 몸과 마음의 한구석이 다시 채워지고 흐트러진 옛 기억들은 제 모양을 찾는다. 긴 출장이나 여행을 다녀오면 꼭 오징어찌개를 끓여 먹는다. 입천장을 델 정도로 뚝배기에 펄펄 끓인 국을 흰쌀밥과 먹으면 뭔가 영혼이 회복되는 느낌이 들고는 했다. 어릴 때 외할머니는 무를 넣어 시원하고 매콤한 오징엇국을 자주 끓여주셨다. 들어간 것도 없고 무랑 오징어와 파가 전부인 흔하디흔한 오징엇국. 이 음식을 먹을 때마다 외할머니가 생각난다.

종종 외할머니에게 안부 전화를 드리고는 했다. 어릴 때 잠깐 키워주셔서 더욱 각별하다. 할머니는 나와 다른 속도로 살고 계셨다. 전화를 드릴 때마다 훨씬 더 빠르게 나이 들어가고 계셨다. 내 기억 속의 할머니는 언제나 꼬장꼬장하시고 까랑까랑하신 분이었는데 눈에 띄게 기력이 쇠하시고 치매 초기 증상까지 있다고 해서 마음이 더 애틋해졌다.

"우리 할머니 못 본 사이 호호 할머니가 되셨네?"

"건강하게 잘 지내니? 너 언제 와서 얼굴 보여줄래?"

할머니는 화상통화를 하시다가 가끔 화면 속 내 얼굴을 손으로 쓰다듬으신다. '그럼 다음 주에 뵈러 갈게요!'라고 말하고 싶지만 그럴 수 없다. 한국에 갈 때마다 '앞으로 몇 번이나 할머니를 더 만날 수 있을까? 열 번은 될까?' 같은 생각을 하곤 했다. 한밤중에 긴급한 전화를 받았을 때 어떻게 하면 최대한 빨리 귀국할 수 있을지 시뮬레이션도 여러 차례 해보았다. 하지만 만약 그 갑작스러운 전화가 부고라면 뉴욕에서는 발인 날 맞추기도 빠듯하다.

"얼굴 봤으니 됐다. 인제 끊자."

할머니는 통화를 길게 하지 않으신다. 국제전화는 비싸다고 생각해서 그렇다. 내가 전화를 드려도 1분을 넘기기 힘들다. 돈 안 내도 된다고 말씀드려도 소용없다. 아직도 국제전화 통화료가 비싼 할머니의 오래되고 작은 우주에서 나는 세상에서 가장 똑똑한 아이였다. 치매 초기 증상을 겪으시던 할머니가 가장 자주 되돌아가는 과거가 내가 어렸을 때라는 말을 전해 들었다. 평생 수많은 아이를 봐왔지만 나같이 총명한 아이는 본 적이 없다는 할머니의 이야기는 나도 수십 년 동안 반복해서 들었다. 딱히 대단한 일들도 아니다. 숫자를 99까지 세보고 그다음이 뭔지 물어봤던 일, 서울 지리에 익숙하지 않은 할머니 손을 잡고 외삼촌네 집을 찾아갔던 날의 일화들. 이 세상엔 나보다 똑똑한 사람이 10억 명쯤 더 있을 거라고 아무리 말씀드려도 듣지 않으셨다.

얼마 전 한국에 갔을 때 오랜만에 할머니를 뵈러 갔다. 평소라면 집 밖에 한 발짝도 나가고 싶지 않을 정도로 추운 날이었다. 대전역에 내려 선물로 드릴 고기를 사려고 시장에 갔다. 정육점에서 가장 좋아 보이는 고기를 골랐다.

"이걸로 두 근 주세요."

"한우 등심이라서 꽤 나올 것 같은데요."

"그냥 주세요. 가격표는 떼어주시고요."

가격을 보시면 '뭐 하러 이렇게 비싼 걸 사 왔냐'고 혼내실 것 같았다. 할머니는 검소하신 분이었다. 다른 집들은 명절 때 음식이 넘쳐난다고 하던데, 할머니는 언제나 꼭 필요한 양만큼만 준비하셨다. 언제라도 뵐 수 있는 지근거리에 살았더라면 그냥 적당히 먹을 만한 부위를 샀을까? 몇 년에 한 번 뵙는데 그러고 싶지는 않았다. 그날 정작 내가 먹고 싶은 건 한우 등심 구이가 아니라 할머니가 해주시던 오징엇국에 계란프라이랑 먹는 집밥이었다. 한우는 차라리 언제 어디서든 먹을 수 있는 음식이니까.

고기를 구워서 함께 점심을 먹고 주름이 가득한 할머니 손을 잡고 전기장판에 같이 앉아 귤을 까먹으며 TV 드라마를 봤다. 백만 번쯤 들었던 나의 어린 시절 이야기를 또 듣다가 저녁이 되기 전에 서울로 돌아왔다. 그리고 그날이 내가 할머니를 뵌 마지막 날이었다. 돌아가시기 전 잠깐 의식이 돌아왔을 때 내 안부를 물어보셨다고 한다. 다음번에 날 따뜻할 때 꼭 증손주를 데리고 같이 오겠다고 했는데 그 약속을 기억하고 계셨을까. 아직 추운 날씨에 돌도 안 된 아기를 데리고 갈 엄두가 나지 않아 혼자만 갔던 것이 뒤늦게 후회되었다.

결국 장례식에는 참석하지 못했다. 가족들은 할머니를 잘 보내드리고 왔다며 그날 풍경을 사진으로 전해주었다. 지구 반대편에서 도착한 사진으로는 할머니가 이제 이 세상에 안 계신다는 사실이 도무지 실감 나지 않았다. 발인 날 아침 부엌에서 계란프라이를 하다가 혼자 조금 울었다.

굳이 따지자면 난 불가지론에 기반한 무신론자이다. 사후 세계는 없다고 생각한다. 지루한 천국의 존재도, 기간 제한 없는 무자비한 지옥의 형벌을 고안해낸 신도 믿지 않는다. 인간의 죽음은 유기체가 소멸하는 현상이고 최대한 문학적으로 표현해도 영원한 잠에 빠지는 일일 뿐이다. 그런데 문득 할머니를 위해서라면 사후 세계가 있어도 좋겠다는 생각이 들었다. 당신이 평생 믿으셨던 신에게 위로를 받으며 남보다 힘들었지만 바르게 살았던 현생을 보상받을 수 있는 곳, 그곳에서 나와 당신의 증손주를 지켜볼 수 있다면 좋겠다는 마음. 이런 생각만으로 도리어 내가 위로를 받는다.

장례식은 어쩌면 남아 있는 사람들에게 죽음을 납득시키는 과정일지도 모른다. 장례식에 참석하지 못해서일까? 난 지금도 할머니가 돌아가셨다는 사실을 종종 깜박한다. H마트에서 오징어 한 마리를 집어 들고 오늘은 오징엇국을 끓여야겠다고 생각했다. 당장 전화해서 할머니에게 오징엇국 간은 어떻게 하는지 물어볼 수 있을 것 같은 기분이 들었다. 그 1분도 안 되는 짧은 통화가 너무 그리운 날에는 H마트에서 조금 울어도 되겠지.

가난한 외국어

내 입에서 나오는 대부분의 단어는 내 감정과 딱 맞아 떨어지지 않았다. 그때 나는 모국어에도 역시 내 마음과 딱 맞아 떨어지는 단어가 없다는 것을 알게 되었다. 내가 낯선 외국에 살기 시작할 때까지 그것을 느끼지 못했을 뿐이다. 나는 유창하게 모국어를 말하는 사람들을 보면 가끔 구역질이 났다. 그 사람들은 말이란 그렇게 착착 준비되어 있다가 척척 잽싸게 나오는 것이고 그 이외의 다른 것은 생각하거나 느낄 수 없다는 인상을 주었기 때문이다.*

당연한 이야기지만 외국어를 쓰면서 타국에 정착해 사는 건 쉬운 일이 아니다. 지금 생각해보면 겁도 없이 덜컥 결정했다. 외국에서 살아본 적도 없었고, 유학은커녕 어학연수 한번 못해봤는데 모국어가 아닌 언어를 쓰면서 밥벌이를 할 수 있을 거라는 자신감이 도대체 어디에서 비롯되었는지 알 수가 없다(대체로 용기는 무지에서 나온다). 해외에서 성공한 사람들의 인터뷰를 보면 영어가 힘들다는

* 다와다 요코, 『영혼 없는 작가』, 최윤영 옮김, 을유문화사, 2011.

이야기를 찾기 어렵다(모든 성공 스토리에는 많은 디테일이 생략된다). 외국에 살면 어린아이가 말을 배우듯 자연스럽게 해결될 문제라고 속 편하게 생각했던 것 같다.

외국어로 사는 것은 IQ를 30퍼센트쯤 디스카운트해서 사는 일이다. 이 30퍼센트는 한국어가 영어로 바뀌는 사이 어디론가 사라져버린다. 한국어로 축적한 지식들은 생각처럼 바로바로 번역되어 나오지 않았다. 모국어로 쌓아놓은 사회, 문화, 경제, 역사 지식들이 빈약한 내 영어 어휘와 1 대 1로 잘 연결되지 않았다. 이미 알고 있던 지식이더라도 영어로 재습득해서 용어와 개념, 논리까지 재구성해놔야만 원하는 형태의 문장이 되어 입 밖으로 나왔다. 머릿속으로 아무리 복잡한 사고를 한다고 해도 입이나 글로 풀어져 나오지 않으면 아무런 의미가 없다. 내가 알고 있는 것들이 말이 되어 나오지 않으면, 나는 알고 있는 걸까 모르는 걸까? 마치 선불교의 공안 같은 질문이다.

모국어는 언제나 충분히 차고 넘친다. 그래서 자연스럽게 흘러나온다. 하지만 외국어는 늘 모자라다. 그래서 그러모으고 쥐어짜내야 말이 돼서 나온다. 한국어로 된 생각을 영어의 입말로 최대한 빠르게 변환하기 위해서는 최대한 단순한 생각으로 머리를 채워야 한다. 단순하게 생각해야 쉽고 단순한 영어 문장을 바로바로 내뱉을 수 있기 때문이다. 결국 외국어로 의사소통이 가능한 수준에서 생각하고, 생각한 수준에서 대화한다. 영어가 느는 속도는 매우 느린 반면, 사고의 깊이는 빠른 속도로 얕아진다.

종종 영혼이 몸을 빠져나가 전지적 시점이 되어 남들이 치열하게 의견을 주고받는 회의 속에서 혼자 초등학생 같은 문장으로 말하고 있는 자신을 바라보고는 한다. 모국어가 유려하면 유려할수록 내 영어 문장은 더 초라하게 느껴졌다. 자신의 이런 바보 같은 모습을 외면해야 외국 생활을 견딜 수 있다. 새로운 언어에 충분히 익숙해질 때까지 대략 몇 년, 길게는 몇십 년 동안 어눌한 상태, 좋게 말하면 어린아이 같은 상태를 버티고 있어야 한다. 어지간히 낙천적이거나 둔하지 않으면 쉽지 않은 일이다.

언어는 계단식으로 발전한다. 한동안 정체되어 있다가 어느 날 갑자기 내가 듣기에도 매끄러운 발음과 악센트로 이야기한다든가, 무심코 빠르게 내뱉은 문장이 완벽한 문장구조를 갖추고 있다든가, 나도 모르게 미묘한 뉘앙스를 담은 조동사를 적절한 타이밍에 쓴다든가 하는 일이 생긴다. 그런

날은 스스로도 깜짝 놀란다. 하지만 자주 있는 일은 아니다. 이렇게 계단 하나를 겨우 오르는 날을 위해 몇 년 몇 달을 정체된 기분으로 살아야 한다.

"한국어는 끝까지 들어야 한다"라는 말을 좋아했다. 일상적인 한국어를 편안한 상대와 쓸 때는 종종 결론이 가장 마지막에 나왔다. 어떻게 마무리될지 모르는 채로 이야기가 시작되고 그렇게 꺼내 놓은 말은 스스로 생명력을 가진 것처럼 이곳저곳을 헤매다가 결국 어떤 결론에 다다른다. 이 과정 자체를 좋아했다. 톨킨의 말을 빌리자면 "헤매는 사람이 다 길을 잃은 것은 아니다(Not all those who wander are lost)". 모국어로는 길을 잃은 느낌 없이 결론을 찾아가는 여정을 순수하게 즐길 수 있다. 하지만 영어로는 잠시 샛길로 빠졌다가 다시 원래 가려던 길로 돌아와서 마치 계획했다는 듯 유려하게 결말을 내는 일이 불가능하다.

애초에 영어라는 언어 자체가 두괄식을 좋아한다. 사람들도 내가 결론부터 말하기를 원한다. 그리고 그 뒤에 따라오는 모든 문장이 직선 도로처럼 그 결론에 길을 터주기를 기대한다. 그 기대를 배신하고 내가 원하는 방향으로 그들을 끌고 가기엔 내 외국어는 한없이 부족하다. 그들의 기대를 맞추려면 언제나 결론부터 미리 생각해놔야 한다. 결론이 머릿속에 완벽히 정리되기 전에는 이야기를 꺼내지 못한다. 그래서 한국어를 쓰는 나와 영어를 쓰는 나는 다른 성격을 가진 사람처럼 느껴질 때가 있다. 영어로 말할 때는 오히려 확신에 가득 차서 이야기한다. 또는 융통성이라고는 하나도 없을 것 같은 꽉 막힌 공무원처럼 이야기할 때도 있다. 미묘한 줄타기를 할 자신이 없다면 명확한 게 훨씬 낫다. 부족한 언어의 빈자리는 결국 태도로 메울 수밖에 없다.

미묘한 여지를 남겨놓으면서 대화를 이어가는 것은 모국어로만 가능하다. 유연하게 위트를 발휘해서 어려운 상황을 모면할 수도 있다. 때로 주저하는 모습을 보일 때도 있지만 확신이 부족해서 그런 것은 아니다. 복잡한 생각을 섬세하게 만지고 다양한 가능성을 탐색하기 위해서이다. 한국어 화자인 나는 굳이 '센 척'할 필요가 없다. 조금 망설여도 괜찮다. 덜 방어적으로 모호함을 다룬다. 결국에 길을 찾아갈 것을 알고 있기 때문이다. 핵심을 꿰뚫는 농담이나 막연한 생각을 고해상도로 언어화하는 일은 여전히 한국어의 영역으로 남아 있다.

내 감정 역시 온전히 한국어로만 만들어지고

이후에 영어로 번역된다. Y는 세 살이 지나고 영어를 접하기 시작하면서 종종 나에게 영어로 말해 달라고 한다. 한국어로 이야기하고 싶을 때는 나를 '아빠'라고 부르고 영어로 이야기하고 싶을 때는 'daddy'라고 부른다. 영어로 내 감정을 들여다보는 일은 여전히 김이 뿌옇게 서린 안경을 쓴 것 같은 느낌이 든다. 한국어로 이야기하는 아빠와 영어로 이야기하는 daddy는 같은 아빠일까? 나는 Y를 영어로 사랑할 수 있을까?

한때 영어 화자인 내가 가짜일지도 모른다는 생각에 괴로웠던 적이 있었다. 이 두 언어의 화자는 온전히 하나가 될 수는 없고 언제까지나 개별적인 존재로 남아 있을 것 같았다. 하지만 언어 이전에, 내가 생각하고 추구하는 것이 진짜고 진심으로 원한다면 그걸 언어로 내놓는 존재가 가짜일 수는 없는 일이다. Y가 내 인생에 등장하고 나서 이 사실을 깨닫게 되었다. 아이의 존재는 나에게 어떤 상황에서도 영원히 진짜일 수밖에 없다. 어떤 언어를 사용하든 Y에 대한 내 마음이 가짜일 수는 없었다. 그렇다면 언어와 상관없이 그런 마음이 담겨 있는 나도 진짜가 아닐까. 그렇게 내 안에서 불화하는 두 언어의 화자들은 작은 화해를 할 수 있었다.

회의에 들어가서 '해야 하는 이야기'를 하지 않고 '할 수 있는 이야기'만 하고 나오는 일이 자주 있다. 외국어로 중요한 회의를 할 때는 오랫동안 계획된 말을 모아놓고 우직하게 양으로 승부하는 수밖에 없다. 단순하고 명쾌한 메시지를 견고하게 쌓아서 상대방을 납득시키는 것만이 유일한 방법이었다. 그래도 이런 전략이 분명히 존재한다는 점에서 외국어로 일을 하는 건 차라리 나은 상황일지도 모른다. 하고 싶은 말이 분명히 있다면 어떠한 수단을 써서라도 전달할 수 있다. 문법이 조금 틀리고 문장이 완성되지 않을 때는 우스꽝스러워 보일 수도 있겠지만 그다지 큰 문제는 아니다.

대체로 외국어를 쓸 때 문제가 되는 상황은 상대에게 꼭 말하고 싶은 내용이 없을 때이다. 나의 짧은 영어로는 모국어를 쓸 때처럼 시간과 공간의 여백을 채워줄 문장을 만들어낼 수가 없기 때문이다. 예를 들면 오늘의 날씨, 걸스카우트 쿠키와 어제 저녁 미식축구 경기 결과 같은 완벽하게 의미값 없는 문장을 '척척 잽싸게' 꺼내서 쓸 수가 없다. 그래서 단둘이 하는 스몰토크는 수십 명 앞에서 해야 하는 프레젠테이션보다 훨씬 더 어렵게 느껴졌다.

'모국어라고 크게 다를 것이냐'고 묻는다면,

다와다 요코의 말대로 꼭 그렇지는 않을 것이다. 한국어로도 늘 내가 하고 싶은 이야기를 다 하지 못했고, 사교 목적의 대화를 어려워했으며, 여러 사람들이 모인 자리에서 항상 단어를 고르다 말할 타이밍을 놓치고는 했다. 내가 하고 싶은 이야기는 종종 엉뚱한 곳에 가닿았다. 그러니까 실제로 어려운 것은 외국어를 못해서 오는 답답함이라기보다는 '모국어와 외국어 사이의 거리'일지도 모른다. 내가 생각하는 것과 내 입으로 나오는 것들의 격차, 영원히 모국어를 다루듯 세심하게 이 언어를 다룰 수 없을 거라는 체념, 그리고 하고 싶은 말의 넘쳐남과 꺼내 쓸 수 있는 말의 빈곤함.

언어가 하나의 집이라면 모국어로 이루어진 나의 공간 곳곳에는 여러 방이 있고 각각의 방에 다양한 기억들이 잘 담겨져 있다. 오랜 시간 동안 섬세하게 잘 꾸며놓았기에 언제 가도 안온하다. 여기에 외국어라는 새로운 공간이 더해지면 이 세계가 확장되고 더 다채로워질 줄 알았다. 하지만 실제로는 생각의 깊이가 얕아지고 위축되니 모국어의 공간도 따라서 줄어든다. 한국어 맞춤법은 자주 틀리고 단어는 납작해지고 문장은 외국어처럼 단순해진다. 불현듯 이 집은 아무 가구도 장식도 없는 잠만 잘 수 있는 작은 방이 되어버린다. 그 방은 밝지도 따뜻하지도 않다. 그저 그 안에서 생활을 할 뿐이다. 언어가 생존의 도구가 된다고 느낄 때 조금 슬퍼진다. 외국에서 사는 일은 그렇게 텅 비어 있는 가난한 외국어의 방에 따로 혼자 남겨지는 일이기도 하다.

슬픈 한식

"Le Mal du Pays, 프랑스어예요. 일반적으로는 향수나 멜랑콜리 같은 의미로 사용되지만 좀 더 자세히 말하자면, '전원 풍경이 사람의 마음에 불러일으키는 영문 모를 슬픔'. 정확히 번역하기가 어려운 말이에요."*

흐린 겨울 오후 펜스테이션에서 퀸스로 가는 기차를 탔다. 퀸스의 깊숙한 곳, 뉴욕에서 한국 사람이 가장 많이 모여 사는 동네가 있다. 레스토랑 비평가 피트 웰스(Pet Wells)가 『뉴욕타임스』 세 면을 할애하여 '김치 벨트(Kimchi Belt)'라는 이름으로 소개한 지역이다. 이곳에서 먹을 수 있는 한식의 종류는 맨해튼보다 훨씬 다양하다. 한국 사람이 많은 곳에 더 다양하고 맛있는 한식이 있는 건 어쩌면 너무나 당연한 일이다. 갑자기 간장게장이 먹고 싶다거나 '스키다시'가 잔뜩 깔린 한국식 회가 먹고 싶다면 역시 퀸스 플러싱으로 가야 한다.

기차역에 내리자 '체이스(Chase)' '버라이즌(Verizon)' '아이홉(IHOP)'과 같은 간판이 붙어 있

* 무라카미 하루키, 『색채가 없는 다자키 쓰쿠루와 그가 순례를 떠난 해』, 양억관 옮김, 민음사, 2013.

는 낮은 건물들이 보인다. 랜드마크랄 것 하나 없는 너무나 전형적인 미국 교외의 풍경이다. 길을 걷다가 '불법 파킹 시 토잉됩니다'라는 기묘한 표지판을 발견했다. 주차가 아니라 '파킹'이고 견인이 아니라 '토잉'이다. 분명 한국어이고 한글로 쓰여 있지만 자연스럽게 영어처럼 읽힌다. 익숙한 사물을 낯선 맥락 속에 놓는 기법은 초현실주의 작가들이 즐겨 쓰곤 했다. 미국 교외라는 맥락에 놓인 '본죽'과 '황토흙침대' '카페베네' '처갓집양념치킨' 같은 한국어 간판은 마치 초현실주의 그림 같다.

오늘은 한국식 활어회가 먹고 싶어서 퀸스 플러싱에 왔다. 여기까지 오는 지하철과 편도 기차 요금은 13달러 남짓. 아직 회를 주문하지도 않았는데 자리에 앉는 데에만 둘이서 3만 원 넘게 쓴 셈이다. 메뉴판을 보니 제주산 양식 광어회가 눈에 띈다. 주문을 받는 분은 여기 광어가 한국에서 온 거라고 몇 번을 강조하고 돌아갔다. 뉴욕 퀸스에서 제주도 출신 생선을 만나다니, 21세기의 놀라운 공급사슬과 유통망에 새삼 감사한 마음이 들었다. 자본주의 자유무역은 제주도 앞바다에서 살던 광어를 뉴욕 퀸스 횟집 수족관까지 옮겨주고 서울에서 마시던 소주와 맥주를 전 세계 주요 도시에서 똑같은 맛으로 먹을 수 있게 해준다. 가격표만 조금 (많이) 달라질 뿐이다.

식당을 둘러보면 한국의 여느 횟집과 크게 다를 바가 없었다. 한 켠에는 푸른색 수조에 활어들이 보이고 모든 테이블에는 꽁치구이와 계란찜, 홍합탕, 치즈콘옥수수 같은 횟집에서 흔하게 볼 수 있는 젓가락 안 가는 평범한 반찬들이 놓여 있었다. 광어회 맛도 한국에서 먹는 것과 다르지 않았다. 만약 누군가 '여기 음식은 진짜(authentic) 한식이야?'라고 묻는다면 '그렇다'라고 대답할 수밖에 없다. 만약 진짜(authenticity)의 정의가 '실재의 충실한 재현'이라면, 퀸스의 한식당들은 서울의 '평범한' 식당을 놀라울 정도로 잘 재현해놓고 있다.

하지만 국외에서 먹는 한식은 언제나 살짝 어긋난 트레이싱페이퍼 같다. 청양고추의 자리는 할라피뇨가 대신한다. 상추는 배추처럼 크고 억세다. 마늘의 맛도 미묘하게 다르다. 눈앞에 있는 음식은 익숙하지만 그 음식이 놓인 맥락은 여전히 낯설다. 음식은 평면적으로 복제되어 있다. 뉴욕 어느 한식당이든 된장찌개가 메뉴에 있고 맛도 그럴듯하다. 하지만 냉이나 달래 또는 꽃게나 미더덕 같이 제철 재료가 들어간 된장찌개는 먹을 수 없다. 미묘하게 다른 식재료들과 단조로운 구성, 계절감이 사라진 납작한 음식들을 먹고 있으면 한식을 먹었다는 만족감을 느끼기보다는 오히려 영원히 그 맛에 가닿을 수 없다는 슬픈 사실을 어렴풋이 깨닫게 된다.

음식으로서의 제주산 광어회 한식 상차림은 꽤 훌륭했지만 마치 마그리트가 명백한 파이프 그림 밑에 "이것은 파이프가 아니다"라고 써놓은 것처럼 나에게는 한식이지만 한식이 아니었다. 한국 사람이 한국에서 직접 재료를 가져다 한식 조리법으로 만든 음식도 한식이 아니라면 대체 '진짜 한식'이란 무엇인가? 단순히 내가 알던 그 맛이 아니라고 투정을 하려는 것은 아니다. 진짜만 '진짜'라고 주장하려는 것도 아니(고 꼭 '진짜'일 필요도 없)다.

어쩌면 내가 그리워했던 것이 꼭 '제주도 양식 광어' 자체는 아니었을지도 모른다. 김밥이 먹고 싶다는 말이 꼭 '방배동 해남김밥'같이 특정 맛집의 메뉴에 대한 이야기는 아니다. '언제든지 24시간 집 앞에서 먹을 수 있는 김밥'일 수도 있는 것이다. 라면을 먹고 싶다고 할 때도 '진라면 순한맛'일 수도 있고 '술자리가 끝나고 택시가 잡히지 않는 겨울 새벽 1시 포장마차에서 먹는' 상황일 수도 있는 것이다. 결국 내가 먹고 싶은 것은—아무리 제주도에서 비행기 타고 온 한국 국적의 광어라고 할지라도—기차를 타고 와야만 겨우 맛볼 수 있는 플러싱의 광어회가 아니라, 그냥 동네 어디 이름도 기억하지 못할 횟집에서 파는 3만 원짜리 영혼 없는 광어회였을까? 특별히 큰마음 먹고 와서 먹는 회가 아니라 생활 밀착형 광어회.

한국 음식이라는 정체성을 공유하고 있더라도 뉴욕의 한식은 다양한 형태로 존재한다. 충분히 현지화되어 일상에 파고든 한식도, 세련된 메트로폴리탄의 라이프스타일로 소비되는 한식도, 과거의 어떤 시점이 재현된 교포의 한식도, 한국에 대한 향수 또는 동경을 재료로 만들어진 한식도, 모두 뉴욕이라는 거대한 도시에 공존한다. 뉴욕에서는 한식이 인기를 끌면서 점점 새로운 시도들이 이루어지고 있다. 반찬은 타파스로 재해석되고 한국식 고기구이는 뉴욕식 스테이크와 만난다. 뉴욕 와서 한식당만 다양하게 돌아보고 가는 여행자도 있었다. 뉴욕은 어쩌면 한식을 새롭게 접근하는 여러 시도를 경험하기에 꽤 좋은 도시일지도 모른다.

하지만 나는 모국의 음식을 모사한 음식을 먹을 때마다 어떤 서러움을 느끼고는 했다. 이 감정의 정체가 늘 궁금했다. 마치 이발소에 걸린 맥락 없는 명화를 보는 기분이, 비슷하지만 절대 원본이 될 수 없는, 가깝지만 오히려 영원히 닿을 수 없는 진짜와의 거리를 확인해버린 마음, 서울보다 되려 편안한 도시가 되어버린 뉴욕에서 순간순간 느껴지는 어떤 고립감, 플러싱 어딘가에서 느끼는 익숙함 속의 낯설음. 이런 감정을 '향수(Le Mal du Pays)'라고 불러야 할까? 향수란 이 좁힐 수 없는 아득한 거리감에서 오는 상실감일지도 모르겠다.

광어회를 다 먹고 다시 거리에 나왔다. 낮게 깔린 회색 구름을 배경으로 미국의 교외라는 낯선 맥락 안에 놓인 한복집과 족발집은 여전히 르네 마그리트의 그림 같아 보였다. 그리고 아마 나도 그 그림의 일부처럼 보였을 것이다.

기억이 담기는 장소

하지만 뉴요커라면 알고 있지. 어스름에서 살아 남았다면 밤도 견뎌낼 거라는 것을.*

어떤 정서적 반응 또는 심상을 일으키도록 의도적으로 설계된 장소들이 있는 듯하다. 유럽 고딕 양식 성당의 수직성이 신에 대한 경외심을 불러일으키도록 설계되었다든가, 걸을 때마다 금속들이 부딪치는 소리로 홀로코스트 때 학살 유대인들의 고통을 공감각적으로 상기할 수 있게 했다는 베를린유대인박물관, 시간이 되면 알 수 없는 기도문이 흘러나오는 모스크, 자연스럽게 침묵과 명상을 유도하는 일본의 정원 같은 장소들. 의도가 성공했다면 그런 장소에 방문한 사람들은 모두 비슷한 반응을 보이게 된다.

이런 곳들은 대체로 먹고사는 일과 직접적인 관련이 없는 경우가 많다. 먹고사는 일이 속(俗)의 일이라면 이런 곳은 일종의 성(聖)의 공간인 것이다. 먹고살기 팍팍한 도시에서는 이 같은 장소를 찾기 힘들 수도 있다. 뉴욕, 특히 맨해튼에는 이런 공간이 거의 없다. 스스로 세속적임을 애써 숨기지 않

* 도로시 파커(Dorothy Parker, 미국 태생의 작가).

는 뉴욕에서는 자연스러운 일일지도 모른다. 교회도 성당도 있지만 막상 가보면 종교적 경건함을 강조한다기보다는 커뮤니티센터 같은 역할을 하거나 관광지에 더 가까운 느낌이다. 할렘의 교회에서는 심지어 돈을 받는 가스펠 예배가 있을 정도니까.

굳이 꼽아보자면 9/11 메모리얼과 오큘러스(Oculus)가 떠오른다. 9/11이 수천 명의 사상자가 나온 끔찍한 테러였고 미국 사회와 세계 정세를 뒤흔든 거대한 사건이라는 사실에 내가 더할 설명은 없을 것 같다. 하지만 이 테러가 뉴욕이라는 도시와 커뮤니티에 지울 수 없는 깊은 흔적을 남겼다는 이야기만큼은 매년 반복해도 부족하지 않다. 이 일을 직접 겪은 내 주변의 사람들은 그날 아침 청명한 날씨에 대해 자주 이야기한다. 오래전 그날 아침의 출근길이 어땠는지 또는 어떤 일을 하다가 어디에서 이 충격적인 뉴스를 접하게 되었는지 모두 정확하게 묘사한다. 한국 사람들이 2014년 4월 16일 오전에 무엇을 하고 있었는지 기억하는 것과 비슷한 마음인 걸까? 뉴욕 사람이라면 그들이 증언하는 '청명한(crisp) 뉴욕의 가을 날씨'가 무엇인지 잘 알고 있을 것이다. 그래서 그 아름다운 가을날 벌어진 이 끔찍한 테러가 더 비극적으로 다가온다.

쌍둥이빌딩이 무너진 그 자리에는 터만 남은 오래된 유적처럼 검은색 풀(pool) 두 개가 조성되었다. 이 풀을 둘러싼 검은 돌에는 3000명에 가까운 희생자들의 이름이 하나하나 새겨져 있다. 희생자들의 이름을 어떤 순서와 배열로 새겨야 하는지 유족과 시민 들의 의견을 세심하게 반영하는 절차에만 3년이 넘게 걸렸다고 한다. 이 풀에는 각 면에서 떨어지는 인공폭포가 있고 이 폭포의 물은 가운데 모여 외부에서는 깊이를 볼 수 없는 심연의 공간으로 다시 떨어진다. 모든 건물들이 하늘을 찌를 듯 솟아 있는 맨해튼에서 이렇게 끝도 없이 하강하는 장소는 아마 이곳이 유일할 것이다. '부재의 반추(Reflecting Absence)'라는 이 프로젝트의 제목은 설계의 의도를 숨길 생각이 없다. 풀에는 계속 물이 흐르지만 영원히 채워지지 않는다.

오큘러스(oculus)는 원월드트레이드센터로 가는 열두 개의 지하철역이 모여 있는 환승센터이다. 라틴어로 '눈'을 의미하는 오큘러스라는 단어를 처음 접했던 것은 로마의 판테온이었다. 판테온은 원형 돔이 모이는 꼭지점에 원래 있어야 할 키스톤(keystone) 대신 그 공간을 비워놓고 하늘에서 쏟아지는 자연광으로 채웠다. 그리고 그 빛이 들어오는 공간에 오큘러스, 즉 눈이라는 이름을 붙였다. 뉴욕의 오큘러스도 건물의 척추 부분으로 빛이 들어온다. '빛의 길(Way of Light)'이라고 불리는 이 틈 사이로 매년 9월 11일마다 햇빛이 메인 홀 중앙에 정확하게 떨어지도록 설계했다고 한다. 새가 아이의 손 위에서 날아오르는 형상을 본 뜬 이 건물은 9/11 메모리얼과 원월드트레이드센터를 배경으로 금방이라도 비상할 것처럼 역동적이다.

기억을 담는 그릇을 처음으로 만들어낸 사람은 누구일까? 알타미라의 벽화를 그린 사람이었을까? 쐐기문자를 점토판에 새긴 수메르인들이었을까? 아마도 인류 최초로 죽음이라는 충격적인 개념을 발견한 사람이 아니었을까? 죽음은 언제나 갑작스러운 것이며, 운 좋게 잠시 피했다고 해도 언젠가는 반드시 겪게 되는 일이고, 나 자신도 예외가 될 수 없다. 죽음은 영원한 이별이며, 그 사람의 물리적인 존재는 시간이 지나면 흔적도 없이 사라지게 된다. 이건 너무나 두려운, 하지만 움직일 수 없는 사실이다. 이 사실을 알게 된 최초의 인류는 아마도 사랑하는 사람의 죽음 앞에서, 그를 위해 무덤을 만들고 그 장소를 기억할 수 있도록 특별히 표시했을 것이다.

무덤은 장례의 방식인 동시에 죽은 사람에 대한 기록이다. 살아남은 사람에게는 죽은 사람들을 기억할 의무가 있다. 죽음이 허망한 끝이 아니라는 것을 증명하기 위한 유일한 방법은 죽은 사람을 오래 기억하는 것뿐이다. 이런 애도의 공간을 탐욕의 상징 월스트리트 한가운데 만들어놓은 것이 꽤 뉴욕스럽다는 생각을 할 때가 있다(물론 사건이 벌어진 장소에 기념물을 만들어놓는 것은 당연한 거 아니냐고 반문할 수도 있겠지만 정치적 또는 경제적 논리가 개입되면 당연한 이야기가 당연하지 않게 되기도 하니까). 매일 수만 명의 통근자가 통과하는 환승센터 위에 오큘러스를 만들고 그 안을 상점으로 채운다든가, 10분 전쯤 뉴욕증권거래소 앞 〈돌진하는 황소〉의 성기를 만지고 온 관광객들이 선글라스에 반바지 차림으로 자연스럽게 기념사진을 찍고 지나가거나 근처 직장인이 샌드위치를 들고 와서 점심을 먹을 수 있는 장소로 기념관을 조성하는 일 모두가 뉴욕적이다.

비극적인 공동체의 기억이 보존되어 있는 장소가 꼭 죽은 사람만을 위한 곳일 필요는 없다. 죽음이라는 슬픔과 두려움을 견디고 계속 살아야 하는 모든 이를 위한 공간이기도 하다. 거대한 테러에 희생된 사람들과 그들의 친구와 가족, 그리고 우연히 살아남은 자들과 아무 생각없이 잠시 지나쳐 가는 이들이 다 함께 어우러질 수 있는 공간이 여기 9/11 메모리얼과 오큘러스이다. 이곳에 오면 삶과 죽음의 거리가 그다지 멀지 않다는, 그래서 성과 속이라는 게 실상은 늘 정확히 구분되지 않고 적당히 뒤섞여 있다는 사실을 자연스럽게 받아들이게 된다. 뉴욕 사람들은 어스름을 견디고 밤을 살아내 아침을 맞게 될 거라는 공동체의 희망을 매일매일 이 장소에서 가장 자신들답게 확인한다.

세계의 끝, 코니아일랜드

하지만 기억해줄래. 이 도시는 좀 우스운 곳이라는 걸, 서커스 같기도 또는 하수구 같기도 하다는 걸. 그리고 서로 다른 사람들이 저마다 괴팍한 취향을 가지고 있다는 걸.*

잠시 어퍼이스트사이드에 살았던 적이 있다. 지금 사는 미드타운의 동쪽이 시끄럽고 지루한 동네라면 어퍼이스트사이드는 조용하고 지루한 동네이다. 드라마 〈가십 걸〉을 본 사람이라면 꽤 익숙한 동네일 수도 있지만 실제로 와보면 별 흥미로울 것 없는 조용한 주거지이다. 대낮에 동네를 걸어 다니면서 만나는 이웃은 나이 든 노인들이 대부분이다. 뉴욕의 비싼 물가를 어떻게 감당하고 사는지 알 수 없는 할아버지와 할머니 들은 집 근처 다이너에서 식사를 하고 카트를 끌고 그로서리 스토어에서 장을 보고 시속 500미터 정도의 속도로 집에 돌아온다.

그리고 관광객들이 사라진다. 물론 센트럴파크 쪽은 여전히 관광도시로서의 면모를 유지하고 있지만 동쪽으로 갈수록 점점 더 주거지에 가까워진다. 내가 살던 동쪽 끝 이스트리버 강가의 요크빌

* 루 리드, 〈코니아일랜드 베이비〉, 1975.

(Yorkville)에는 여행하는 사람의 관심을 끌 만한 것이 하나도 없다. 하지만 동네 안에서 자급자족(?)이 가능하다. 한 시간씩 긴 줄을 서야 하는 델리카츠(Katz's) 대신 세컨드애비뉴델리(2nd Ave Deli)에서 페스트라미샌드위치를 먹는다. 뉴욕의 올드스쿨 피자를 먹으러 굳이 소호까지 내려가지도 않는다. 팻치스피제리아(Patsy's Pizzeria)도 거의 100년이 된 곳이다. 컵케이크를 먹을 때는 매그놀리아베이커리(Magnolia Bakery) 대신 투리틀레드헨즈(Two Little Red Hens)에 가고 브런치는 부벳(Buvette) 대신 더 맨션(The Mansion)에서 먹는다.

이 동네에도 다른 뉴욕의 동네들처럼 높은 건물들이 있지만 3300퍼센트같이 말도 안 되는 용적률로 지은 하늘을 찌를 듯 높은 고층 빌딩은 없다. 대부분의 건물들이 걸어서 계단으로 올라갈 수 있고 한 시야에 들어오는 휴먼 스케일(Human Scale, 인간 척도)의 범위에 있다. 주말이 되면 〈겨울왕국〉 엘사같이 옷을 입고서 친구의 생일 파티에 가는 아이들을 볼 수 있고, 5층짜리 타운하우스 뒷마당에서 바비큐 파티를 하는 가족들도 심심찮게 눈에 띈다. 어퍼이스트사이드는 생활인들이 평화로운 주말을 보낼 수 있는 쉼터 같은 동네이다. 그래서 어쩔 수 없이 조금 지루하다.

그럴 때는 재미있는 동네로 놀러 가면 된다. 작은 소풍의 느낌으로 간단한 식사를 하고 술을 마시고 공연을 보고 다시 돌아온다. 소풍보다 더 여행 기분을 내고 싶다면 조금 더 멀리 가본다. 어퍼이스트사이드에서 3달러 이내로 가장 멀리 갈 수 있는 곳은 코니아일랜드(Coney Island)다. 내가 살던 곳은 Q라인 맨 끝 쪽이었고 반대편 끝 쪽에 코니아일랜드가 있다. 한가로운 날을 골라 MTA 티켓을 사서 무작정 코니아일랜드행 Q라인을 탄다.

만약 당신이 뉴욕 지하철에 대해 나쁜 이야기를 들었다면 아마 거의 다 과장 없는 사실일 것이다(혹시 뉴욕 지하철에 대해서 좋은 이야기를 들었다면 제게도 알려주세요. 너무 궁금합니다). 승강장의 형광등 조명은 수명을 다해 깜빡거리고 에어컨이 나오지 않아 여름에는 사우나에 들어온 것처럼 덥다. 반대로 겨울에는 실내인데도 한기로 가득하다. 선로에는 버려진 지 몇 달쯤 돼 보이는 쓰레기가 흩어져 있고 그 사이로 뉴욕의 마스코트(?) 커다란 쥐들도 자주 목격된다. 뉴욕 지하철의 청결 상태에 어느 정도 적응이 돼서인지 서울 지하철은 왠지 승강장 안전문 앞에서 신발을 벗고 타야 할 것 같다. 에스컬레이터나 화장실이 있는 지하철역은 손에 꼽힌다. 역무원도 많이 없어서 무임승차도 흔하다. 주말이 되면 갑자기 노선이 변경되고 평소에 서던 역을 건너뛰거나 지연, 운행 중단이 일상이다. 세상의 모든 불쾌한 소리를 다 모아놓은 것 같은 날카로운 금속성 소음을 듣고 있다 보면 뉴욕 사람들이 애플 에어팟을 왜 하나씩 다 가지고 있는지 쉽게 납득할 수 있다.

코니아일랜드까지는 한 시간이 넘게 걸린다. 하지만 뉴욕의 지하철에서 시간을 보내는 게 쉽지 않다. 일단 인터넷이 되지 않는다. 지하철을 탄 시간만이라도 잠시 책을 본다든가 생각에 잠길 수 있는 여유를 시민들에게 제공하려는 MTA의 배려일 리는 없고, 어차피 뉴욕의 지하철은 오프라인의 작은 평화조차 허용하지 않는다. 어떤 날이든 어떤 시간에 타든 무슨 일인가 벌어지고 있기 때문이다. 댄서들이 객실 칸을 누비며 한바탕 브레이크댄스를 추고, 갑자기 다음 사람이 나타나서 아무도 궁금해하지 않는 마술을 보여준다. 지하철 손잡이를 가지고 기계체조를 하는 건장한 청년, 알 수 없는 사연을 중얼거리며 구걸을 하는 사람, 모두가 들을 수 있을 정도로 볼륨을 높인 헤드폰을 낀 음악광, 안경 너머로 『뉴욕타임스』를 보는 노인과 몸을 도화지 삼아 문신을 그려놓은 힙스터들을 동시에 만날 수 있다. 이 모든 걸 관람하는 데 2.9달러 정도면 나쁘지 않은 입장료라고 생각할 수도 있다.

뉴욕이 가진 온갖 괴팍함의 요약판이 MTA다. 서울의 1호선 광인이 뉴욕에 출장을 온다면 아마 꽤 평범한 축에 속할 것이다(조금 더 분발해주세요). 이런 비일상적인 일이 매번 지하철을 탈 때마다 벌어진다는 점에서는 역설적으로 매우 일상적인 풍경이다. 뉴욕 사람들은 자기 주변의 기괴함이 마치 애초에 존재하지 않는 것처럼 완벽하게 무시할 수 있는 초능력을 가진 것 같다. 눈앞에 어떤 일이 벌어져도 그들의 세계는 흔들림 없이 평화로워 보인다. 난 아직도 노이즈 캔슬링 이어폰에 흐린 눈을 하고 겨우겨우 딴생각하는 척하는 정도지만.

지금 나는 코니아일랜드로 가는 길이고 도착하려면 아직도 한참 남았다. 평소 지하철을 30분 이상 탈 일은 많지 않다. 그래서 한 시간 넘게 전철에 앉아 있다 보면 정말 여행이라도 떠나온 것 같다. 코니아일랜드에 가까워지면서 MTA가 지상을 달리기 시작하고 좋은 놈, 나쁜 놈, 이상한 놈 들이 하나둘씩 내려야 할 역에 내린다. 그리고 전철 한 칸 사이즈의 작은 오프라인 세계에 드디어 평화가 찾아온다. 모두 어디론가 사라지고 나면 소수의 사람만이 남아 코니아일랜드역에 도착한다. 그럼 정말 세계의 끝에 온 것 같은 기분이 든다.

뉴욕의 끝에는 바다가 있다. 나조차도 종종 잊고 사는데 뉴욕은 사실 바닷가 도시다. 코니아일랜드에는 해수욕장과 산책할 수 있는 해변, 오래된 놀이기구들과 뉴욕 유일의 수족관이 있다. 여름이 되면 햄튼에 별장도 없고 멀리 휴양지로 휴가 갈 형편도 되지 않는 중산층 뉴요커들이 해수욕을 즐기러 모인다. 바닷가와 놀이공원의 조합은 언뜻 월미도를 떠올리게 하는데 어쩌면 뉴욕에서의 코니아일랜드의 위상도 서울에서 한 시간 남짓 걸리는 월미도와 비슷할지 모른다. 아이들은 해변에 비치타월을 깔기도 전에 놀이기구부터 타자고 조르고 적당히 물놀이를 하다가 배가 고파지면 네이선스(Nathan's) 핫도그를 먹거나 근처 오래된 이탈리안 식당에서 식사를 한다. 미국의 독립기념일인 7월 4일이 되면 전 세계의 푸드 파이터들이 여기 모여 이 핫도그를 누가 제일 많이 먹는지 겨룬다. 이 모든 것이 너무나 전형적인 뉴욕 여름의 풍경이다. 여름의 코니아일랜드는 뉴욕의 평범한 사람들을 만나기 좋은 곳이다.

그런데 이쯤에서 내가 비수기 애호가라는 것을 고백하는 게 좋겠다. 사실 나는 여름에 코니아일랜드를 가본 적이 없다. 평소 책이나 영화에서 본 것을 가지고 왠지 그럴 것 같다는 상상을 해봤을 뿐이다. 내가 코니아일랜드에 갈 때는 보통 가장 비수기로 분류되는 겨울 또는 이른 봄이다. 그래서 해변에서 해수욕하는 사람도 없고 놀이기구는 운행을 중단했고 식당들은 대부분 문을 닫아놓는다. 하지만 비수기 애호가에겐 왠지 그쪽이 더 마음 편하다.

전철역에서 내려 길을 건너면 바로 해변이 나온다. 아무도 없는 바닷가를 산책하면서 사람들로 가득 차 있는 해변을 상상한다. 타려는 사람도 없고 움직이지도 않는 놀이기구는 마치 지구 종말의 날 같은 고요함을 만들어낸다. 옆에서는 한 노인이 블루투스 스피커를 외투 속에 품고서 금방이라도 기억날 것만 같은 귀에 익은 재즈 음악을 틀어놓고 바다를 보고 있었다. 한산한 비수기의 거리에서 겨우 문을 연 레스토랑을 찾아냈다. 특별히 맛집을 검색을 해보고 온 것도 아니었다. 문을 열었다는 것만으로도 선택의 이유는 충분하다. 코니아일랜드는 아주 오래전부터 뉴욕 사람들의 휴양지였기에 노포 레스토랑들이 꽤 있다. 100년 넘은 가르기울로스(Gargiulo's)에 혼자 들어가 조개 육수로 맛을 낸 링귀니와 피노그리 한 잔을 주문했다. 조개 육수가 흥건해서 마치 국밥을 먹는 느낌으로 숟가락으로 싹싹 국물까지 긁어 먹었다. 특별히 볼 게 많지 않은 조용한 해변으로 돌아와 음악을 들으며 책을 좀 읽는 척하다가 추워서 결국 전철역으로 왔다.

돌아오는 MTA는 마치 영상을 리와인드하는 것 같다. 조용하고 아무도 없는 객실에서 시작됐다가 도심에 가까워질수록 다시 뉴욕의 괴팍함으로 가득 채워진다. 이 도시는 종종 미쳐 있고 하수구 같고 우스운 곳이면서 서커스 같다. 우리는 모두에게 이상한 사람이면서 또 여전히 서로에게 친절하다. 함께 탄 연인들은 손을 잡고 있고 관광객들은 인터넷 끊긴 구글 맵을 보고 있고 누군가는 이 번잡한 와중에 책을 꺼내 도로시 파커를 읽는다. 코니아일랜드로 떠나는 여행은 내가 사는 세상의 끝을 만지고 오는 일이면서 뉴욕의 괴팍함을 기억에 남기는 일이다.

2부

뉴욕에서 길 찾기

뉴요커가 되기 위한 체크리스트

"뉴욕의 여름은 끔찍해. 두 블록에 한 번씩은 노상 방뇨의 냄새를 맡아야 하다니."

"너 뉴욕에 몇 년 살았어?"

"10년 넘게?"

"그럼 그만 징징대. 그럼 길에서 무슨 냄새가 나야 하는데? 라벤더?"

하우스턴스트리트를 걷다가 친구에게 한마디 들었다. 길에서 나는 지린내를 언급하는 것은 뉴요커답지 못한 태도라는 것이다. 뉴욕의 단점(예를 들어, 지하철 승강장을 지나가는 쥐)에 일일이 반응하지 않고 불평하지 않는다는 건 뉴요커의 중요한 덕목 중에 하나다. 뉴욕 사람들이 뉴욕의 단점을 몰라서 여기 살고 있는 건 아니기 때문이다. 이 가혹한 도시에서 오래 살려면 장점에 더 집중할 수밖에 없다. 뉴욕 사람들은 이런 유의 불편함은 이 도시에 살고 있다는 (근거가 있든 없든) 자부심에 비하면 사소한 것들이라고 생각하는 것 같다.

누구나 얼마간 자신이 사는 곳에 소속감을 느끼고 공동의 정체성에 영향을 받기 마련이지만, 뉴욕 사람들처럼 사는 곳에 대한 자의식이 과한 경우는 좀체 찾기 힘들다. 고작 거주지에 이렇게까지 '부심'을 가질 필요가 있나 싶을 정도다. 뉴욕에서

발행되는 로컬 매거진들은 '뉴요커 구분법'을 주기적으로 업데이트한다. 잠시 지나쳐 가는 사람들과 자신을 끊임없이 구별 짓기 하면서 뉴요커로서의 자부심을 좀 더 선명하게 유지하는 것 같달까.

암튼 이런 자의식이 좀 부담스러울 때가 있다. 나같이 뉴요커로서의 정체성이 애매한 사람들에게 이런 구분은 마치 편집증적인 박물학자가 남해산 무늬오징어와 동해산 무늬오징어를 분류하는 일처럼 보이기도 한다. 하지만 이와 같은 박물학적 검증(?)은 뉴욕 시장조차 피해 갈 수 없었다. 뉴욕 전 시장 빌 더블라지오는 취임한 지 얼마 되지 않아 피자를 포크와 나이프로 잘라 먹는 장면이 언론에 노출된 뒤로 예상치 못한 곤욕을 치렀다(참고로 그는 맨해튼에서 태어나 뉴욕에서 대학 나오고 평생 미국에서만 살았던 '이탈리아계' 미국인이다). 뉴욕 사람들은 정말 피자를 포크와 나이프로 먹지 않는다. 『뉴욕타임스』를 포함한 많은 매체가 그를 진심으로(!) 질타했고 사람들은 그가 진짜 뉴요커인지 의심했다.

나도 이런 곤란한 상황을 피하기 위해 언젠가부터 뉴요커 구분법을 수집하기 시작했다. 일반적으로 다음과 같은 사람들은 뉴욕 사람이 아닌 것으로 간주한다. (업무에 참고해주세요.)

1. 피자를 포크와 나이프로 먹는 사람(빌 더블라지오 전 시장의 사례가 대표적이다).

2. 길에서 느리게 걷거나 길 중간에 갑자기 멈춰서서 사진 찍는 사람(뉴욕 사람들은 빨리 걷는 편이라서 보행 흐름을 현저하게 방해하는 모든 행동에 진심으로 짜증을 낸다).

3. 무단횡단을 하지 않고 신호를 기다리는 사람(뉴욕 사람들은 안전이 확보되었다고 판단되면 신호를 지키지 않는다. 심지어 교통 경찰이 있어도 개의치 않는다. 그리고 뉴욕에선 경찰도 무단횡단을 한다…).

4. 12월 31일 밤 타임스스퀘어에 있는 사람(새해이브 카운트다운 하는 인파의 97퍼센트는 관광객이거나 뉴욕에 온 지 1년 이하의 사람이라는 통계가 있다, 는 건 거짓말이고 보통의 뉴욕 사람들은 깨끗한 화장실이 확보된 따뜻한 실내에서 새해를 축하하는 의미로 샴페인을 마시며 TV로 생중계를 본다).

5. Houston Street를 '휴스턴스트리트'라고 읽는 사람(정확한 발음은 '하우스턴스트리트'다. 참고로 휴스턴은 텍사스에 있다).

6. 택시 타서 "렉싱턴애비뉴 500번지로 가주세요"라고 주소를 말하는 사람(보통 뉴욕 사람은 주소 대신 교차하는 거리의 이름을 이야기한다. 렉싱턴애비

뉴 500번지에 가고 싶다면 적당히 생략하고 '47th and Lex'라고 말할 거다).

7. "브루클린은 좀 위험하지 않아?"라고 묻는 사람(고백하자면 나도 같은 질문을 한 적이 있다. 물론 세상 어디나 그렇듯 위험한 곳은 위험하다).

8. 자신이 보스턴 레드삭스의 팬이라고 굳이 이야기하는 사람(뉴욕에서 응원하는 야구 팀을 묻는 질문은 삼지선다형의 문항이다. 1. 양키스 2. 메츠 3. 야구 안 봄).

9. 양산 쓰는 사람(비 올 때 우산도 잘 안 쓰는 사람들이 양산을 쓸 리가…).

10. 메트로카드 넣는 법을 모르는 사람(단번에 성공하기 쉽지 않다. USB처럼 양쪽을 다 시도하고 나서 세 번째에 들어간다).

11. 베이글을 30분 이상 줄 서서 사 먹는 사람(서울 사람들이 김밥천국에서 줄을 서지 않는 것과 비슷하다).

12. I♥NY 티셔츠를 입고 다니는 사람(이걸 안 입는다고 우리가 뉴욕을 사랑하지 않는 건 아니다).

사실 한 스무 개쯤 더 쓸 수 있지만 큰 의미가 없을 것 같다. 이 리스트는 지금도 계속 늘어나고 있을 텐데, 어느 시점부터는 갱신하는 걸 그만두었다. 사실 대부분 웃자고 하는 이야기다. 오래 살면 의식하지 않아도 이 모든 것이 자연스럽게 몸에 배게 된다. 오히려 내가 진짜 뉴욕 사람이 되었다는 생각이 들었던 건 이런 인정투쟁에서 벗어나 각종 무리한 검증에도 웃으며 농담으로 넘어갈 수 있게 되고 나서였던 것 같다.

조금 진지하게 이야기하자면, 이 리스트의 흥미로운 점은 '자격'을 묻지 않는다는 것이다. 어디 출신인지, 뉴욕에 얼마나 오랫동안 살았는지는 뉴요커가 되는 데 중요하지 않다. 뉴욕에서 태어나고 자랄 필요도, 뉴욕에서 학교를 나올 필요도 없다. 뉴욕 어디에 살고 있는지도 중요하지 않다. 뉴요커의 정체성이란 일종의 태도이자 삶의 방식에 더 가깝다. 뉴요커가 되는 일은 사실 자신의 결정이다. 뉴욕이 자신에게 가장 잘 맞는 도시라는 믿음이 유지되는 한 언제나 뉴요커가 될 수 있다. 생각해보니 나도 이 리스트에 항목 하나 정도 추가할 수 있을 것 같다.

이런 뉴요커 구분법을 재미없어 하는 사람.

타임스스퀘어를 좋아하는 법

"뉴욕 사람들이 지겨워지면 언제든 타임스스퀘어에 가면 돼. 거긴 뉴요커들이 없거든."

타임스스퀘어의 초입에서 친구가 시니컬한 농담을 던졌다. 우리는 미드타운을 가로지르는 42번가를 달리는 택시 안에서 창밖을 보고 있었다. 영국 사람들이 끊임없이 영국 음식으로 농담하는 것처럼 뉴욕 사람들은 타임스스퀘어로 농담을 한다(어느 도시나 이런 농담거리가 하나 정도는 필요하다).

"뉴욕에 왔다면 마담 투소(Madame Tussauds)에 갔다가 애플비(Applebees)에서 식사를 해야지."

내가 반응이 없으니까 한마디를 더 보탰다. 택시는 신호에 걸려 멈췄고, 맛없는 식당 앞에 꽤 많은 사람이 줄을 서 있었다. 실제로 이 식당의 맛이 어떤지 설명할 필요는 없을 것 같다. 이런 농담은 '타임스스퀘어는 진짜 뉴욕을 모르는 관광객들이 많아서 싫다'는 이야기의 끊임없는 변주이기 때문이다.

타임스스퀘어에 대한 경멸은 꼭 이 친구만의 문제는 아니다. 한 데이팅 앱에서 프로필에 싫어한다고 올린 것을 가지고 주별로 통계를 냈었다. 뉴욕은 '타임스스퀘어'가 단연 1위에 꼽혔다(참고로 같은 통계에서 '우리의 이웃' 뉴저지주는 '해파리'를 꼽았다. 대체 왜죠?). 이런 냉소에 공감 못 하는 건 아니다. 실제로 타임스스퀘어는 언제나 관광객들로 가득 차 있고 그들의 관심과 돈을 얻어내려는 호전적인 호객꾼들과 비싼 가격을 책정해놓은 노점상, 팁을 뜯어내려는 인형 탈 쓴 사기꾼들이 걸어 다니고 있다. 심지어 티벳 승려(아마도 가짜인 것 같지만)들도 기부를 강요하는 동네이다. 그리고 그건 그날도 마찬가지였다.

하지만 타임스스퀘어에 뉴요커가 없다는 건 재미없는 과장법이다. 관광객 인파에 뒤섞여 있지만 뉴요커를 쉽게 구분해낼 수 있다. 광고판이 쏟아내는 빛의 폭포수를 피해 빠르게 발걸음을 옮기는 뉴요커는 금방 눈에 띈다. 예를 들어 시선을 전방 15도 아래로 고정하고 주변을 둘러보는 일 없이 늦었다는 듯 빠른 보폭을 유지하며 걷고 있는 사람이라면 뉴요커일 가능성이 높다. 잡상인들도 뉴욕 사람들을 귀신같이 알아보고 호객 행위에서 제외한다. 이 도시 사람들에게 타임스스퀘어는 더 이상 새로울 게 없는 거리이다. 수많은 광고판에 시선을 빼앗기는 일도 없다. 그저 너무 번잡해서 빨리 지나가야 할 경유지일 뿐이다.

맨해튼의 지리는 꽤 직관적이다. 동서로 길을 낸 스트리트(street)와 남북으로 뻗어 있는 애비뉴(avenue)가 만나 하나의 직사각형 블록을 이룬다. 이 원리를 알면 맨해튼에서 길을 잃을 일이 거의 없다. 그런데 여기에 특이하게 북서쪽에서 남동쪽으로 맨해튼을 사선으로 가로지르는 브로드웨이가 있다. 이 길은 원래 맨해튼에 서구의 식민주의자들이 도착하기 전의 미국 원주민들이 쓰던 길이었다. 뉴욕의 현재 모습을 구상하고 계획한 '1811년 위원회 계획(Commissioners' Plan of 1811)'은 맨해튼을 격자 형태로 구획하기로 결정했는데 오래전부터 쓰이던 이 길은 그대로 남겨놓기로 했다. 그래서 브로드웨이는 스트리트와 애비뉴로 반듯하게 설계해놓은 도시계획을 무시하듯 자유분방하게 지나간다.

브로드웨이와 격자의 길이 교차하는 자리에는 자연스럽게 삼각형의 땅이 생겼다. 그래서 이 세 개의 길이 만나는 곳은 광장이라는 의미의 스퀘어(Square)로 불린다. 파크애비뉴와 만나는 곳엔 유니언스퀘어(Union Square), 5번 애비뉴와 만나는 곳엔 매디슨스퀘어(Madison Square), 6번 애비뉴와 만나는 곳엔 헤럴드스퀘어(Herald Square)가 있다. 그리고 7번 애비뉴와 42번가, 브로드웨이 만나는 곳에 있던 『뉴욕타임스』 본사의 이름을 딴 타임스스퀘어(Times Square)가 있다. 이렇게 큰 세 개의 길이 교차하다 보니 삼각주에 모래가 쌓이는 것처럼 유동 인구가 넘쳐났다.

그래서 타임스스퀘어는 100년 넘게 계속 북적이고 있다. 지금도 여전히 매일 30만 명이 지나가는 번화가이다. 이런 자리에 광고와 잡상인과 호객꾼이 넘쳐나는 것은 자연스러운 일이다. 타임스스퀘어는 언제 가더라도 거리를 가득 메운 전광판들이 마치 발사 버튼을 잘못 누른 불꽃놀이처럼 여기저기서 펑펑 터지고 있다. 이 불빛은 너무 환해서 심지어 우주에서도 볼 수 있다고 한다. 길을 걷다 서서 주위를 둘러보면 마치 정신분열 환자의 꿈속에 들어와 있는 것 같은 풍경이 펼쳐진다.

타임스스퀘어를 싫어하는 건 너무나 쉬운 일이다. 특색 없는 프랜차이즈 레스토랑과 I♥NY로 떡칠을 해놓은 싸구려 기념품들, 관광버스 2층에서 관광객이 터트리는 플래시로 가득 찬 거리. 대부분의 관광객이 가장 뉴욕 같은 곳이라며 모이는 장소이지만 사실 뉴욕 사람들의 삶과는 가장 동떨어진 곳. 뉴욕에서 가장 물질적이고 피상적인 모습이라고 치부하기 쉬운 공간이다. 하지만 평범한 생활 공간의 일부이기도 하다. 그랜드센트럴 기차역과 포트오소리티(Port Authority) 버스터미널에 내린 많은 직장인이 매일 통근을 위해 타임스스퀘어를 지나간다.

나에게 타임스스퀘어는 영화를 보러 가는 곳이다. 한국 영화가 미국에서 개봉하면 꼭 상영해주는 극장이 타임스스퀘어에 있기 때문이다. 한국 영화를 보고 싶은 날이면 조금이라도 인파를 피할 수 있는 주말 아침 첫 번째 시간을 골라 타임스스퀘어에 가고는 했다. 주말 오전의 타임스스퀘어는 평소와는 조금 다른 느낌이다. 비라도 내리면 더 조용해진다. 통근하는 사람들은 모두 사라지고 일정을 바꾸기 힘든 관광객들과 부지런한 호객꾼 몇 명뿐인 거리, 내리는 비 때문에 전광판의 조명은 톤다운된 인스타그램 필터를 쓴 것 같은 풍경이 된다. 여전히 광고판은 현란하게 번쩍이고 있지만 빗소리가 거리의 소음을 가린 덕분에 볼륨을 줄여놓은 TV 같다. 마치 에드워드 호퍼의 〈푸른 저녁(Soir Bleu)〉에 나오는, 미처 화장을 지울 겨를도 없이 지친 표정으로 담배를 물고 노천카페에 앉아 있는 피에로의 모습처럼 느껴지기도 한다. 타임스스퀘어에게도 이렇게 잠깐 쉴 수 있는 시간이 있다니 다행일지도 모르겠다.

하루에 수백 명의 사람이 죽어가던 어느 봄날의 타임스스퀘어를 기억한다. 센트럴파크에 야전병원이 생기고 뉴욕항에 병원선이 입항하고 식당과 상점 들이 문을 닫고 거리의 관광객들이 모두 사라지고 없었던 그 시절, 타임스스퀘어의 풍경은 마치 누군가의 악몽 속 한 장면 같았다. 극장들의 불이 다 꺼진 브로드웨이를 그저 보고 있는 것만으로도 형언할 수 없는 슬픔이 밀려왔다. 거리에서 사람들이 모두 사라진 그날까지도 전광판들은 밤을 낮처럼 밝히고 있었다. 그 길 위에 한참을 서서 지구 종말 영화 속의 단역이라도 된 것처럼 "사람들이 영원히 돌아오지 않으면 어쩌지?"라고 중얼거렸다. 정말 두려운 상상이었다. 그리고 내가 타임스스퀘어의 북적북적한 모습을 싫어하지 않았다는, 어쩌면 그리워하고 있는지도 모른다는 사실을 깨닫게 되었다.

팬데믹이 끝나고 일상을 회복한 지금 타임스스퀘어는 예전의 모습을 완전히 되찾았다. 다시 분장을 하고 화려한 광대의 모습으로 발랄하게 관광객들을 맞이한다. 나비넥타이 모양의 좁은 광장을 가득 채운 사람들을 보면서 생각한다. 어쩌면 뉴욕을 뉴욕답게 만들어주는 것은 끊임없이 오고 가는 서로 다른 국적의 여행자들, 브로드웨이 무대에서 꿈을 찾는 사람들, 치열하게 자기의 인생을 살며 그 자체로 스스로를 자랑스러워하는 사람들이 아닐까? 타임스스퀘어의 화려함에 시선을 주지 않고 끝없이 늘어져 있는 마천루들의 스카이라인에 감탄하지도 않는, 일정한 발소리를 내며 일정한 속도로 걷는 통근자들, 딱히 새로울 것 없는 뉴욕도 늘 새롭게 봐주는 여행자들, 이 모든 사람이 모여 함께 뉴욕이라는 도시를 만든다.

타임스스퀘어는 여전히 전 세계 곳곳에서 도착한 광고들을 쏟아내고 있는 자본주의의 나이아가라폭포이며 동시에 '지금 내가 있는 곳이 어쩌면 세계의 중심일지도 모른다'는 환상을 주는 곳이다. 그리고 사람들은 그 환상을 직접 보고 느끼고 싶어서 뉴욕에 온다. 이건 오직 뉴욕만이 할 수 있는 일이고 어쩌면 내가 뉴욕에 사는 이유이기도 하다.

"우리 내려서 걸을까?" 친구에게 이야기했다. 교통 체증이 심한 뉴욕은 택시보다 걷는 게 더 빠를 때가 있다. 하지만 꼭 그래서 걷자고 한 건 아니었다. 그냥 오랜만에 인파에 묻혀 타임스스퀘어를 걸어보고 싶었다.

가면 증후군의 반대말

클래식 음악을 듣기 시작한 것은 이십대 후반이 되고 나서였다. 어릴 때는 클래식 음악이 왠지 격식을 갖춰서 들어야 하는 너무 딱딱한 음악, 때로는 너무 지루한 음악으로만 다가왔다. 주변의 음악 애호가들이 다양한 장르를 거쳐서 약속이나 한 듯이 종국에 클래식과 재즈로 귀결되는 것도 왠지 진부한 결말처럼 느껴졌다. 하지만 제대로 싫어할 만큼 잘 아는 것도 아니었다. 진지하게 소양을 쌓을 만한 기회도 많지 않았다. 해외 유수의 오케스트라나 거장의 내한공연 티켓 가격은, 하고 싶은 것 많고 먹고 싶은 것 많은 이십대에게는 상대적으로 너무 큰돈이었다.

신기했던 것은 이렇게 무지한 상태에서도 좋은 연주가 '좋다'는 것을 알 수 있다는 점이었다. 객관적으로 좋다 나쁘다를 이야기할 지식이나 경험 없이도 나를 움직이는 어떤 힘이 있다는 건 분명히 알아챌 수 있다. 그러니까 나에게 좋은 연주란 어떤 '판단'이 아니라(판단을 할 수 있는 사람도 있겠지만) 자연스럽게 전달되는 '에너지'에 가까웠다. 연주가 끝나면 그 에너지에 떠밀려 가만히 앉아 있지 못하고 벌떡 일어나 박수를 칠 수밖에 없는 사람들의 마음도 이해할 수 있게 되었다. 실제로 세상에는 정말 벌떡 일어나지 않고는 참을 수 없는 공연이라는 게 존재한다. 하지만 음반을 스피커나 이어폰으로 듣는 것만으로 그런 느낌을 받기는 쉽지 않다(거실에서 음악 듣다가 일어나서 '브라보'를 외칠 수 있는 이가 있다면 좀 부럽다…). 아마도 현대의 레코딩 기술로는 공연의 에너지를 기록하고 재현하는 데 한계가 있는 게 아닐까. 그래서 그 에너지를 느끼고 싶다면 결국 공연장에 가서 공기를 울리는 소리를 직접 몸으로 느끼는 수밖에 없다.

클래식 공연을 좋아한다면 뉴욕만 한 도시가 없다. 투어를 하고 있는 아티스트가 뉴욕을 생략하는 일은 거의 없다. 덕분에 쟁쟁한 연주자들의 공연을 시즌 내내 볼 수 있다. 아주 인기가 많은 공연이 아니라면 표를 구하기도 어렵지 않다. 마치 주말 홍대에 공연 보러 가듯이 '오늘은 클래식 공연이나 볼까?'라는 즉흥적인 마음으로 프로그램도 모른 채 당일 남아 있는 표를 사서 가더라도 꽤 좋은 공연을 볼 수 있다.

그중에서도 카네기홀은 내가 어릴 때부터 상상하던 클래식 공연장의 이데아 같은 곳이었다. 이곳은 19세기 말에 건립되어 수많은 연주자들과 작곡가들이 거쳐 간 음악당이다. 개막식 공연 지휘자가 차이콥스키였으니 대략 어느 정도 오래된 역사를 가진 곳인지 짐작해볼 수 있다. '여기서 카네기홀은 어떻게 가나요?'라고 길을 묻는 질문에 '연습, 연습, 연습!'이라고 대답했다는 농담처럼 카네기홀은 아무나 연주할 수 있는 곳은 아니다. 이 무대에 선다는 건 작곡가 또는 연주자로서 어떤 위치에 올랐다는 상징이기도 하다.

관객 입장에서도 특별한 경험이다. 일단 공간 자체가 주는 위압감이 있다. 5층 높이까지 층층이 올라간 객석의 상아색 벽에는 금색 나뭇잎들이 조각되어 있다. 공연장을 둘러싼 우아한 곡선의 발코니에는 따뜻한 분위기를 자아내는 주황색 전구가 촘촘히 박혀 있다. 앞쪽 무대는 양쪽 기둥에 아치형 천장으로 되어 있고 고개를 들어보면 콘서트홀 천장에는 거대한 원형 조명이 비추고 있다. 벨벳으로 장식된 붉은색 복도와 의자는 상아색과 금색에 대비되어 굉장히 특별한 공간에 있다는 느낌을 준다. 공연이 시작되기 직전 무대 조명만 남고 홀 전체 불빛이 어두워진다. 사람들이 남아 있는 마른기침을 하고 오케스트라의 오보에가 '라' 음을 내는 순간부터 음악이 만들어내는 특별한 공기가 홀에 가득 찬다.

한국의 유명 연주자들이 투어를 할 때도 카네기홀은 빠지지 않는다. 특히 조성진 씨나 임윤찬 씨가 연주하는 날은 향우회 모임이라도 할 기세로 뉴욕의 한국 사람들이 다 카네기홀에 모여든다.

기억에 남는 공연이 있다. 조성진 씨가 신인 시절 빈필하모닉오케스트라와 첫 협연을 했던 일이다. 사실 원래 예정된 협연은 아니었다. 협연자로 설 예정이던 피아니스트가 러시아의 우크라이나 크림반도 강제합병에 대한 지지 발언을 하면서 공연에서 배제되었고, 베를린에 있던 조성진 씨가 공연 전날 저녁 7시에 갑작스러운 전화를 받았다고 한다. 그날 조성진 씨가 대타로 연주해야 하는 라흐마니노프 피아노 협주곡 2번은 3년 동안 연주해본 적이 없는 곡이었고, 빈필하모닉과 협연을 해본 적도 없는 상태였다. 일단 승낙을 하고 호텔 로비에 있는 피아노를 사용해도 된다는 허락을 받아 새벽까지 연습하다가 아침에 뉴욕행 비행기를 탔다고 한다. 카네기홀에서 열린 이 공연은 대성공이었고 평론가들도 극찬을 했다. 우연찮게 이 공연을 보게 된 주변 친구들은 지금까지도 종종 이날의 연주와 감동을 화제에 올린다.

이 이야기를 들을 때마다 20세기 초반 비슷한

일을 겪은 또 다른 음악가가 떠오른다. 25세의 레너드 번스타인은 뉴욕필하모닉오케스트라의 부지휘자로 막 임명된 상태였다. 전날 새벽까지 친구들과 시간을 보낸 그는 아침 9시에 전화 한 통을 받는다. 그날 지휘자 브루노 월터가 독감으로 무대에 설 수 없게 되었으니 대신 지휘를 맡아달라는 전화였다. 뉴욕필의 부지휘자 일을 시작한 지 두 달 남짓 지난 시기였고 정식으로 관객 앞에서 오케스트라를 지휘해본 적이 없는 상태였다. 미처 리허설을 할 시간도 없이 여섯 시간 뒤에 레너드 번스타인은 초연 지휘자로서 카네기홀 데뷔 무대를 갖게 된다. 그날 공연에는 『뉴욕타임스』 비평가 올린 다운스(Olin Downs)를 포함한 2000명이 훨씬 넘는 관객들이 있었고 그 실황은 라디오 전파를 타고 미국 전역에 방송되었다.

다음 날 『뉴욕타임스』는 "훌륭한 아메리칸 성공 스토리(It is a good American success story)"라는 극찬과 함께 1면에 이 공연 기사를 올린다. 훗날 레너드 번스타인은 뉴욕필의 상임지휘자가 되었고 평생 카네기홀에서 열한 번의 초연을 포함해 수백 회 넘는 공연을 하게 된다. 『뉴욕타임스』의 기사처럼 정말 너무나 미국적이면서 뉴욕적인 성공 스토리라서 이 이야기를 좋아한다. 일요일 아침에 전화를 받은 뒤 24시간도 채 안 되는 시간 동안 젊은 음악가 앞에 전혀 다른 인생의 경로가 펼쳐졌고 25세의 레너드 번스타인은 그 기회를 놓치지 않았다.

해외에서 살면 누구나—정도의 차이는 있겠지만—일정 부분 '가면 증후군(임포스터 신드롬, Imposter Syndrome)'에 시달리는 것 같다. 나 역시도, 지금 이 자리가 우연에 의한 것이고, 실제의 내 모습보다 지금 더 좋은 평가를 받고 있고, 언제든지 나의 초라한 진짜 모습이 드러나게 될까 봐 두렵다. 자기가 태어나고 자란 곳을 떠나 낯선 땅에서 사는 것 자체가 연속적인 우연의 힘이 필요하다. 치밀하게 계획했다고 해도 결정적인 순간에 극적인 행운의 도움을 받기도 한다. 그래서 더 이런 마음이 들게 마련이다.

카네기홀과 관련해 이 두 재능 있는 예술가에게 벌어진 신데렐라 같은 스토리는 가면 증후군의 정 반대편의 이야기이다. 가면이 벗겨진 대신 갑자기 찾아온 기회를 놓치지 않고 잡아낸 것이다. 무능력한 누군가에게 과분한 기회는 오히려 위기일 수도 있다. 하지만 어떤 사람들은 이런 우연을 통해 인생이 송두리째 뒤바뀌는 성공 스토리를 만들어내기도 한다. 그래서 누가 카네기홀에서 초연을 한다고 하면 꼭 가서 보고 싶다. 가면 증후군 환자의 대리 만족일까? 물론 지금 내 눈앞에 있는 이 예술가가 나중에 어떤 인물이 될지는 알 수 없다. 하지만 카네기홀 무대에 섰다면 지금 어떤 인생의 중요한 분기점 위에 서 있는 것일 수도 있다. 카네기홀은 이런 행운의 성공 스토리, 또는 거장의 탄생 신화를 목격하기에 가장 좋은 곳이다.

뉴욕의 맛

여행 오는 친구들에게 뉴욕의 전통 음식은 무엇이냐는 질문을 종종 받는다. 뉴욕까지 와서 이런 질문을 하는 사람은 보통 음식에 진심인 경우가 많다. 여행지에서의 식사를 하나의 경험으로 생각하는 것이다. 도시를 구경하기 위해 이층버스를 타고 여기저기 둘러보는 것처럼 음식을 탈것 삼아 그 도시를 여행하고 싶은 사람들이 하는 질문이다. 그래서 맛도 물론 중요하지만 어떤 여행적 경험을 고려해야 한다.

아마 뉴욕(을 비롯한 여행지로 유명한 도시에 사는) 사람들은 이 같은 질문에 당황하지 않도록 자기만의 대답을 준비해놓고 있을 것이다. 나 역시 나름 음식을 좋아한다고 자부하는 사람으로서 멋진 대답을 해주고 싶다. 이 질문에 정확하게 대답하려면 전통이라든가 원조라는 단어에 너무 집착할 필요가 없을지도 모른다(그리고 음식에서 '전통'이란 대표적으로 과대 평가된 개념 중에 하나다).

피자 슬라이스

뉴욕의 전통 음식에 대해 이야기하기는 힘들지만 어떤 음식이 뉴욕적인지는 확실하게 말할 수 있다. 뉴욕을 떠올리면 가장 먼저 피자가 생각난다.

뉴욕의 역사와 사람들의 일상에 가장 밀접하게 연결되어 있는 음식은 피자가 아닐까? 유동성 과잉과 인플레이션의 시대를 거쳐온 뉴욕의 살인적인 물가에도 여전히 지폐 몇 장으로, 따뜻하게 조리된 그리고 든든하게 칼로리를 채울 한 끼가 가능하다. 뉴욕에는 피자 원칙(Pizza Principle)이라는 개념이 있다. 1980년대 「뉴욕타임스」가 처음으로 제시한 가설인데 지하철이나 버스 요금 같은 대중교통 수단의 가격이 피자 한 조각의 평균 가격과 비슷하게 형성되어 있다는 것이다. 시계열로 봤을 때 인상률도 비슷한 패턴을 보인다. 피자가 뉴욕 사람들의 일상에서 어떤 위상을 가지는지 알 수 있다.

뉴욕에 살면서 근처에 언제든지 맛있는 조각 피자 하나 들고 나올 수 있는 피자집이 있다는 건 삶의 질을 크게 좌우하는 중요한 요소다. 뉴욕에서 여러 번 이사를 다녔는데, 이사 갈 집을 보러 다닐 때 늘 근처에 피자집이 있는지 확인해보곤 했다. 스타벅스가 가까이에 있는 걸 '스세권'이라고 부를 수 있다면 맛있는 동네 피자집이 근처에 있는 건 '피세권'이라고 불러도 좋을 것 같다. 밥하기 싫은 주말에 늦잠을 자고 일어나서 추리닝(트레이닝복 아님)에 쓰레빠(슬리퍼 아님) 끌고 문 열고 나가 5분 안에 도착할 수 있는 동네 피자집이 존재하는 것만으로도 인생의 게으름이 구원받는 기분이 든다. 그래서 오랫동안 뉴욕 사람들의 사랑을 받았을지도 모른다.

런던 사람들이 치킨티카마살라를 영국 음식이라고 부르는 데 부끄러움이 없는 것처럼 뉴욕 사람들은 진심으로 피자가 자신들의 전통 음식이라고 생각하는 것 같다. 물론 누구도 뉴욕 피자의 뿌리가 이탈리아 나폴리라는 것을 부정하지 않는다. 실제로 손으로 만든 얇은 피자 도(dough)에 토마토소스를 베이스로 만들어 화덕에 굽는다는 점에서 두 피자는 거의 유사하다. 뉴욕이 확실히 원조라고 이야기할 수 있는 피자는 페퍼로니피자다. 살라미에서 유래된 페퍼로니라는 재료 자체가 뉴욕으로 건너온 이탈리아 이민자들이 만든 것이기 때문이다. 정작 이탈리아에서는 페퍼로니(Peperoni)가 피망을 뜻하는 페퍼론(Peperone)의 복수형이라서 페퍼로니피자를 시키면 피망이 올라간 피자가 나온다고 한다.

나폴리 피자와 구분되는 뉴욕 피자의 가장 큰 특징은 조각 피자다. 나폴리에서는 직경이 30센티미터가 채 되지 않는 1인분 피자를 각자 주문해서 각자 먹는다. 그런 나폴리 스타일의 피자를 뉴욕에서는 더 크게 만들고 8등분해서 한 조각씩 팔기 시작했다. 뉴욕 피자는 이 분기점을 기준으로 자신의 원전과 결별을 고했다. 피자는 레스토랑 음식이 아니라 포크와 나이프 없이 먹는 캐주얼한 음식이 되었고, 종이 접시에 받아 접어서 손으로 먹을 수 있을 정도로 도는 더 얇게 진화했다. 물론 이탈리아에서도 조각 피자를 먹지만 동그란 피자를 조각으로 파는 건 거의 보지 못했다. 이탈리아에서 조각 피자라고 하면 보통 알 타글리오(al taglio)라고 부르는 사각형 피자를 이야기하는데 이건 나폴리 스타일이라기보다는 로마 스타일이다. 굽는 온도나 시간이 다르고 그래서 도도 전혀 다른 느낌이다. 거의 뉴욕 피자와 시카고 피자 정도의 차이가 있다.

뉴욕 사람들은 조각 피자를 '슬라이스(slice)'라고 부른다. 일종의 뉴욕 사투리다. 조각 피자 가게에서 '치즈피자 한 조각(a piece of cheese pizza) 주세요'라고 말하는 사람은 뉴욕에 사는 사람이 아닐 확률이 높다. 뉴욕 거리에서 많은 피자 가게가 가격을 올렸지만 지금도 여전히 한 조각에 1달러 피자 슬라이스를 쉽게 찾아볼 수 있다. 간판에 적힌 $1 옆에 살짝 .50이라는 글자를 추가한 곳까지 포함하면 그 수는 훨씬 더 많아진다. 마치 우리가 출출할 때(하지만 제대로 된 식사를 할 필요는 없을 때) 김밥천국에 가서 기본 김밥 하나 먹는 느낌과 가장 가까운 피자가 뉴욕 피자 슬라이스다.

그래서 내가 가장 좋아하는 피자는 뭐냐고? 이 질문에 준비해놓은 몇 가지 버전의 답이 있다. 그리고 린더스트리(L'Industrie)나 루칼리(Lucali) 같은 현시점에서의 정답은 최대한 피하려고 노력한다. 원칙은 분명하다. 좋은 피자는 도가 맛있어야 한다. 끝부분이 그을렸는지 탔는지 아슬아슬하게 구분이 안 되는 상태가 좋다. 토핑은 과하지 않고 재료는 신선해야 한다. 하지만 내가 가장 자주 먹는 피자는 동네에 있는 베쪼(Vezzo)라는 식당의 루콜라를 잔뜩 올리고 네 가지 치즈로 토핑한 화이트치즈피자다. 완벽한 피자란 언제나 '지금 당장 먹을 수 있는 피자'이기 때문에.

브런치와 블러디메리

아침 술이나 해장 술이라는 말은 왠지 너무 알코올의존적인 이야기처럼 들리지만 의외로 뉴욕에서는 흔하다. 뉴욕 사람들은 '브런치'라는 멋진 이름을 붙여놓고 스스로에게 오전에 술을 마셔도 된다는 면죄부를 준다. 흔히 알려진 것과 다르게 뉴욕의 브런치는 '늦잠을 잔 주말의 늦은 아침 식사' 같은 나약한 개념이 아니다. 전날 밤 늦게까지 술을 마시고 다음 날 도저히 집에서 음식을 할 수 없는 사람들이 좀비처럼 기어 나와서 먹는 해장 음식이기도 한 것이다. 그러니까 한식에 비유를 하자면 국밥에 더 가까운 음식일지도 모른다. 만약에 해장하겠다고 순댓국집에 온 사람이 아침부터 '아, 맞다. 소주도 한 병 주세요'라고 한다면 한국에서는 왠지 무서운 느낌이겠지만 뉴욕에서는 브런치 칵테일이라는 이름으로 자연스럽게 주문할 수 있다. 특히 블러디메리, 미모사는 뉴욕 사람들에게 사랑받는 해장 술이다.

보드카에 토마토주스, 우스터소스와 핫소스, 레몬과 라임 즙을 넣어 만드는 블러디메리는 20세기 초반, 뉴욕의 킹콜룸(King Cole Room)이라는 바에서 탄생한 칵테일이다. 재료만 듣고는 맛이 잘 상상이 되지 않을 수도 있지만, 베이스가 되는 보드카의 술맛보다는 토마토주스의 감칠맛과 핫소스의 얼큰한 맛 때문에 실제로 해장에 도움이 된다. 많은 뉴요커가 블러디메리가 없는 브런치는 진정한 브런치가 아니라고 이야기한다. 나도 동의한다. 블러디메리가 없는 브런치는 그냥 느지막이 먹는 재미없는 아침 식사일 뿐이다.

브런치에 무제한으로 칵테일을 제공하는 '보텀리스 브런치(bottomless brunch)'는 뉴욕의 자랑스러운 음식 문화유산 중 하나다. 2010년대 중반쯤이 아름다운 전통이 정부에 의해 탄압을 받은 적이 있었다. 고정 가격에 무제한으로 술을 제공하는 걸 금지하는 뉴욕주의 법령이 그 근거였다. 수많은 반대와 탄원 그리고 이 문화를 지키려는 시민들의 피나는 노력 끝에 브런치에서만 예외적으로 무제한 서비스가 제공 가능하다는 유권해석을 받고 다시 부활했다. 하지만 보텀리스 브런치는 이 투쟁의 시기에 뉴욕에서 많이 사라지게 되었다. 그래서 요즘도 'bottomless brunch'라고 쓰인 입간판을 보면 문화유산을 지키려는 식당의 노력에 연대를 표하는 마음으로 갑자기 들어가 브런치 칵테일을 한잔(이 아니라 여러 잔) 마시고 싶어진다.

브런치의 여유로운 느낌을 좋아한다. 브런치는 시간과 마음의 여유가 있을 때만 가능한 식사다. 그렇기 때문에 '월요일 브런치 약속' 같은 말은 이상하게 들린다. 브런치는 단순히 식사의 때를 의미하는 단어도, 에그베네딕트나 프렌치토스트, 오믈렛 같은 특정한 식사 메뉴를 설명하는 단어도 아니다. 어느 쪽도 브런치 특유의 느낌을 설명하지 못한다. 어쩌면 브런치란 식사에 임하는 어떤 상황, 또는 일종의 의식에 가깝다. 유대인들이 안식일을 지키고 기독교인들이 일요일에 교회를 가는 것처럼 우리는 숙취에 시달리는 주말에 브런치 레스토랑에 가서 블러디메리를 마시는 것뿐이다. 브런치는 숙취에 지지 않고 새롭게 하루를 시작하겠다는 뉴요커의 회복탄력성을 보여주는 하나의 의식이다.

생강과 파로 볶은 랍스터

뉴욕의 차이나타운은 거대한 중국을 몇 개의 블록 안에 욱여넣은 것 같은 모습이다. 맨해튼의 차이나타운은 서구에서 가장 많은 중국 인구가 밀집해 있는 곳이다. 그만큼 경험의 밀도도 높다. 매콤한 후난[湖南] 요리를 먹을 수도 있고 바로 근처의 100년 넘은 홍콩식 딤섬집에 갈 수도 있다. 다음 블록 훠궈집에는 마라샹궈나 촨촨샹 같은 동시대에 유행하는 음식도 있다. 초기 뉴욕에 온 중국 이민자들은 광둥 사람이 대부분이었다고 한다. 그래서 뉴욕의 많은 차이니스 레스토랑이 칸토니스(Cantonese, 광둥 음식) 식당이다. 하지만 중국 각 지역의 다양한 사람들이 뉴욕에 정착하면서 그만큼 더 다양한 음식이 등장하고 있다. 사천 음식도 이제 너무 흔하다. 뉴욕에서 가장 많은 분점이 있는 중식당 시안페이머스푸즈(Xi'an Famous Foods)는 중국 서쪽 깊은 산시성의 음식이다.

늦은 밤 차이나타운, 택시에서 내린다. 흔히 뉴욕을 '잠들지 않는 도시'라고는 하지만 자정을 넘긴 새벽에 맛있는 식당 찾기란 쉬운 일이 아니다. 이럴 때는 전문가들의 지혜를 따른다. 예를 들면 늘 늦은 시간에 식사를 해야 하는 요리사들. 뉴욕의 많은 요리사들이 가게 문을 닫고 차이나타운에서 너무 늦은 저녁(혹은 너무 이른 아침)을 먹는다. 그중에서 가장 유명한 곳은 그레이트NY누들타운(Great NY Noodle Town)이다. 팬데믹 전에는 새벽까지 영업해서 데이비드 창이나 앤서니 보데인 같은 유명 셰프들의 사랑을 받았던 곳이다.

뉴욕을 여행하는 사람들이 여기에서 꼭 먹어봤으면 하는 메뉴는 생강과 파로 볶은 랍스터(Ginger and Scallion Lobster)다. 랍스터 요리는 보통 메뉴판에 'M.P.(시가)'라고 쓰여 있어서 주문하기 좀 무섭지만 바닷가재는 미국 동부에서 흔한 재료이기 때문에 말도 안 되는 가격표를 받아본 적은 한 번도 없다. 생강과 파를 넣고 갑각류를 볶아 먹는 건 홍콩이나 광둥 지방의 꽤 보편적인 조리법이다. 하지만 뉴욕의 차이나타운에서는 게나 새우 대신 뉴잉글랜드 지방의 대표적인 해산물 랍스터를 자주 사용한다. 일부러 음식을 호사스럽게 만들려고 바닷가재를 쓰는 건 아니다. 그저 랍스터가 쉽게 구할 수 있는 재료이기 때문이다.

뉴욕의 인구 중 약 40퍼센트가 이민자라고 한다. 식당에서 음식을 만드는 사람들도 대부분 이민자이다. 저마다 고국에서 쓰던 조리법으로 요리를 하지만 재료는 어쩔 수 없이 새롭게 정착한 곳에서 구할 수밖에 없다. 이민자들의 정체성은 이렇게 음식 속에서 자연스럽게 뒤섞인다. 새벽에 먹는 광둥식 랍스터볶음은 너무나 뉴욕적인 메뉴다. 밤을 달리는 옐로캡, 중국어와 영어가 뒤섞인 간판, 늦은 시간까지 활기찬 식당, 그 안을 가득 채운 다양한 국적의 사람들과 서로 다른 언어, 광둥 지방의 조리법과 뉴욕의 재료로 만들어진 음식. 새벽의 차이나타운에서는 지금 내가 뉴욕에 있다는 사실을 온몸으로 느낄 수 있다.

드라이 에이징 포터하우스 스테이크

여행을 온 사람이라면 그날이 평생의 마지막인 것처럼 다닐 수밖에 없다. 대부분의 여행은 '(당분간) 마지막'이기 때문이다. 그래서 '꼭 가봐야 하는 곳'부터 가보게 된다. 다시 오기 힘들다고 생각하면 당연한 일이다. 이런 생각을 공유하는 관광객들은 자연스럽게 비슷한 장소에 모이게 되고, 그렇게 '관광지'라고 불리는 곳이 생겨난다. 온종일 바쁘게 유명 관광지를 돌아다니는 여행자의 일정에도 나름의 합리성이 존재하는 것이다.

그런 '관광지'가 된 식당의 대표적인 사례가 피터루거(Peter Luger)다. 1887년에 문을 연 이 전설적인 레스토랑은 한때 뉴욕 스테이크하우스 중 유일하게 미슐랭의 별이 있었고(지금은 없습니다만) 저갯 서베이에 30년 연속 뉴욕에서 가장 사랑받는 스테이크하우스로 꼽히기도 했다. 이 집의 드라이에이징 포터하우스(Porterhouse) 스테이크는 여전히 그 자체로 하나의 장르다. 하지만 많은 여행자로부터 이 식당에서 차별적인 대우를 받았다는 이야기를 듣고 나서 더 이상 가지 않게 되었다. 이 식당을 폄하할 생각은 없다(거짓말입니다. 폄하하고 싶습니다). 하지만 아무리 단골이 될 수 없는 관광객이라도 손님을 뜨내기 취급한다면 그건 자신들을 선택해준 사람에 대한 예의가 아니다.

그래도 뉴욕에서 딱 한 번의 식사를 한다면 메

뉴는 역시 드라이 에이징 포터하우스 스테이크인 것 같다. 맛도 맛이지만 파리 혹은 도쿄, 또는 서울과 확실히 구분되는 가장 뉴욕적인 파인 다이닝 경험이기 때문이다. 그래서 '식당은 미워해도 고기는 미워하지 말라'는 속담(은 사실 없지만)을 되새기며 피터루거 대신 킨즈스테이크하우스(Keens Steakhouse)에 간다. 여기는 사실 피터루거보다도 더 역사가 오래되었다. 브루클린과 맨해튼의 분위기 차이일까? 다이닝 룸도 훨씬 더 고풍스럽다. 짙은 색 나무 인테리어에 적당히 어두운 조도의 실내는 오래된 뉴욕의 그림과 사진 들, 브로드웨이의 뮤지컬 포스터들로 장식되어 있다. 테이블에는 파인 다이닝의 상징과도 같은 하얀 테이블보가 깔려 있고, 천장에는 과거 식당이 회원제로 운영되었던 시절 맡아둔 회원들의 담배 파이프가 걸려 있다. 이 식당의 다이닝 룸에서 레어에 가까운 포터하우스 한 입 먹고 버번위스키를 한 모금 들이켜고 있으면 왠지 좀 어른이 된 것 같은 기분이 든다.

뉴욕 포터하우스 스테이크의 아름다움은 단순함에 있다. 채끝 등심과 안심이 동시에 붙어 있는 좋은 품질의 부위를 사입하고, 잘 숙성시켜, 소금을 뿌려 굽는 것이 전부다. 서빙하기 전에 그릇을 뜨겁게 달구고 잘 녹인 버터를 부은 후, 두툼한 크기로 썰어 테이블에 보낸다. 시각적으로는 압도적이지만 섬세한 음식은 아니다. 스테이크는 T 자 모양의 뼈에 붙은 채로 조리되어 겉은 여기저기 타 있고, 달궈진 그릇에는 녹아내린 버터와 육즙이 부글부글 끓고 있다. 음식의 담음새를 기준으로 한다면 흔히 생각하는 파인 다이닝과는 거리가 있다.

하지만 맛은 놀랍다. 고기를 잘 구웠을 때 미각적으로 얻을 수 있는 가장 큰 효과는 사실 향이다. 누군가 완벽한 마이야르(Maillard) 반응이 뭐냐고 물으면 고개를 들어 뉴욕 스테이크하우스들을 보라고 하고 싶다. 센불로 조리된 겉면에서 나는 캐러멜 향, 꽃향기, 견과류 향, 풀 냄새와 같은 복합적인 풍미가 강한 육향 위에 더해진다. 식사를 마치고도 한동안 입안에 고기의 향이 진하게 맴돈다. 이런 깊은 육향은 드라이 에이징의 결과다. 불에 익히는 것이 열을 이용한 '빠른 화학적 변화'라면, 숙성은 일종의 '느린 화학적 변화'다. 3-4주 동안 숙성하면서 고기의 맛은 깊어지고 육질은 연해진다. 이 과정 역시 요리의 한 부분이다. 불로 고기를 다루는 과정은 거칠었지만 사실 그보다 훨씬 많은 시간을 들여 숙성이라는 방식으로 더 섬세하게 고기를 요리했는지도 모른다.

언젠가 뉴욕을 떠나게 된다면 어떤 음식을 먹게 될까. 아마 최후의 만찬으로 킨즈의 포터하우스와 머튼찹을 선택하게 될 것이다. 하지만 단순히 맛이나 분위기 때문만은 아니다. 이 식당과 이 음식이 내가 뉴욕을 기억하고 싶은 방식이기 때문이다. '마지막'이라는 단서가 붙은 질문에는 언제나 대답하는 사람의 속마음이 드러날 수밖에 없다.

줄 서서 먹는 치킨오버라이스

뉴욕에서 가장 유명한 길거리 음식은 아마도 할랄가이즈의 치킨오버라이스일 것이다. 할랄(halal)은 아랍어로 '허용된'이라는 뜻이다. 이슬람 율법은 먹을 수 있는 동물의 종류와 도축 방식까지 구체적으로 규율하고 있다. 이 계율에 따라 무슬림이 먹을 수 있도록 허용된 음식을 할랄이라고 한다. 1990년 할랄가이즈가 처음 문을 열었을 때만 해도 다른 평범한 푸드트럭들처럼 핫도그가 주 메뉴였고 할랄 음식은 곁들여 파는 메뉴였다고 한다. 그러다 무슬림들이 하나둘 그의 가게를 찾기 시작했다. 특히 택시 기사들에게 인기가 많았다. 고작 몇 달러만으로도 배부르게 먹을 수 있고 길에 잠깐 차를 대고 주문할 수 있는 진정한 의미의 '기사 식당'이었기 때문이다. 그 뒤로 이 치킨오버라이스는 마치 떡볶이처럼 뉴욕 어느 곳에서나 볼 수 있는 보편적인 길거리 음식이 되었다.

구성은 단출하다. 형식적으로는 한국에서 흔하게 먹는 덮밥과 같다. 밥이 있고 야채가 있고 단백질 재료가 있고 소스가 있다. 다만 밥은 훌훌 날리는 바스마티(Basmati)로 짓고 양상추, 토마토 같은 야채가 올라간다. 여기에 자이로(gyro), 허브로 요리한 닭고기, 병아리콩으로 완자를 만들어 튀긴 팔라펠(Falafel)이 더해진다. 단순한 구성에 특별함을 더해주는 것은 소스다. 화이트소스는 마요네즈를 베이스로 하고 여기에 살짝 감귤류의 새콤한 맛이 조합되어, 자칫 퍽퍽할 수 있는 재료를 부드럽게 뒤섞어준다. 매운맛의 레드소스는 강렬함을 더한다. 입에 맞는다고 생각 없이 뿌렸다간 위험하다. 매운맛을 측정하는 스코빌(Scoville) 지수를 기준으로 청양고추의 열 배가 넘게 맵다.

초기의 할랄가이즈 느낌을 원한다면 몇 블록 떨어진 아델스페이머스할랄푸드(Adel's Famous Halal Food)가 있다. 뉴욕 사람들은 요즘 할랄가이즈 대신 여기에 더 많이 줄을 선다. 메뉴는 비슷하지만 소스도 닭고기도 아델 쪽이 조금 더 맛있다는 평이다. 게다가 새벽 4시까지 열기 때문에 아직 시차 적응 못 한 한국 여행자들이 야식으로 먹기에 딱 좋은 곳이기도 하다. 하지만 한밤중에도 한 시간 이상 줄 설 각오를 해야 한다.

치킨오버라이스가 대단한 미각적 경험을 제공할 수는 없다. 어떤 기준에서 보든 캐주얼한 길거리 음식이다. 무심하게 올려진 야채와 고기, 그 위에 마구 뿌려진 소스의 담음새는 인스타그램에 사진 찍어 올릴 만한 건 아닐지도 모른다. 어떤 이들에겐 여전히 낯선 향이나 맛일 수 있고 누군가는 미국식으로 재해석된 이 음식은 진짜가 아니라고 할 수도 있다. 또는 왜 굳이 뉴욕에서 할랄 음식을 먹어야 하느냐고 따지듯 물을지도 모른다. 하지만 이 음식을 먹는다는 것 자체가 굉장히 뉴욕적인 경험이다.

뉴욕을 경험하기 위해 누군가는 타임스스퀘어에 갈 것이고 누군가는 자유의 여신상을 보러 갈 것이다. 난 할랄가이즈나 아델에 간다. 언제 가도 이 단순한 할랄 음식을 먹으려는 다양한 인종의 사람들이 길게 줄을 서 있다. 중동은 물론이고 동북아시아, 아프리카, 유럽, 미국, 인도 등 세계 각국에서 다양한 사연을 가지고 뉴욕까지 온 사람들이 이

긴 줄 안에 뒤섞여 있다. 줄이 짧아지고 내 차례가 가까워져 오면 이국적인 향신료의 향이 점점 강해진다. 언젠가부터 내 식욕이 이 향신료들에 반응하기 시작했다. 음식을 받아 계산하고 근처 길거리 아무 곳이나 적당한 데 걸터앉아서 음식을 꺼낸다. 누군가는 카네기홀에서 지금 막 콘서트를 보고 나서, 또 다른 누군가는 MoMA에서 현대미술을 감상하다가, 어쩌면 5번가에서 쇼핑을 하다가 여기에 왔을 것이다. 여행 중에 인스타그램에서 이 집이 유명하다는 걸 보고 온 사람도, 늦게까지 야근을 하다가 허기를 달래기 위해 줄을 선 사람도 있을 것이다. 여행자와 이민자와 뉴욕 토박이 들이 길바닥에 뒤섞여 8달러짜리 무슬림의 음식을 먹고 있다. 이 풍경 속에서는 누구나 뉴욕이라는 거대한 모자이크의 한 조각이 된다. 아무리 생각해도 난 이 장면보다 더 뉴욕이라는 도시를 정확하게 묘사할 수 있는 방법을 찾지 못하겠다.

여름 김장

금년 들어 처음으로 오이를 먹는다. 오이의 푸른 빛에서 여름이 오고 있다. 5월의 푸른 빛깔 맛에는 가슴이 텅 빈 것 같은 아련하고도 간질거리는 비애가 있다.*

뉴욕의 여름을 좋아한다. 비슷한 위도지만 서울의 여름과는 조금 다르다. 심지어 뉴욕은 바닷가임에도 서울보다 덜 습하다. 땡볕 아래서 길을 걸을 때는 땀이 맺히지만 그늘 밑 벤치에 앉으면 금세 시원해진다. 불과 20년 전만 해도 뉴욕에는 에어컨 없는 집이 흔했다고 한다. 여름이 덥지 않은 건 아니지만 그냥 창문을 열어놓거나 선풍기로 여름을 나고, 진짜 무더운 날에는 강가나 공원 그늘에 나와서 쉬는 것으로 충분했다고 한다.

물론 중위도의 여름이 늘 쾌적할 리 없다. 그래서 여름을 즐길 궁리를 해놓아야 한다. 여름의 플레이리스트를 만들고, 여름 구름 사진을 찍고, 야외 테이블에서 땀을 흘리며 식사를 하고, 무료 야외 영화 상영 이벤트에 간다든가 여름이 제철인 재료로 안주를 만들어 낮술을 마신다. 여름에는 여름

* 다자이 오사무, 『여학생』, 전규태 옮김, 열림원, 2014.

의 음식과 음료가 필요하다. 일본 사람들이 라무네를 마시며 여름을 기억하고, 이탈리아 사람들이 아페롤스프리츠로, 멕시코 사람들이 프로즌마가리타로, 스페인 사람들이 얼음이 잔뜩 들어간 상그리아로 뜨거운 햇빛을 견디는 것처럼 모두 여름을 버티는 자기만의 비법들이 존재하는 것이다. 한국에 있었다면 콩국수라든가 초계탕, 팥빙수 같은 차가운 음식을 챙겨 먹었을 것 같지만 뉴욕에는 그런 차가운 음식이 거의 없다.

뉴욕에도 여름의 계절감이 넘치는 음식들이 있다. 날이 더워지면 파머스 마켓에서 신선한 바질을 잔뜩 사다가 페스토를 만들어 파스타를 해 먹는다. 농부들이 만들어 먹었다는 세종(Saison) 맥주나 이탈리아 북쪽의 화이트와인 아르네이스(Arneis)를 곁들인다. 차가운 얼음을 넣고 식물 향이 가득한 진(Gin)으로 진토닉을 만들어 먹어도 좋다. 하지만 더운 여름에 입맛을 돋우는 맛은 역시 산미이다. 그래서 여름이 시작되면 연례행사처럼 담근 지 며칠 안 된 '프레시 피클'을 넉넉하게 사서 냉장고에 쟁여놓는다. 우리는 이걸 여름의 김장이라고 부른다. 김장김치가 한국의 긴 겨울을 나기 위한 월동 준비라면 피클은 월하 준비이다.

오이피클과 가장 비슷한 우리나라의 음식으로 흔히 장아찌를 떠올리지만 장아찌에 특별한 계절감이 있는지는 잘 모르겠다. 쉽게 상하는 채소를 오래 보관하기 위한 저장 음식이라는 점을 제외하면 이 둘 사이에는 그다지 공통점이 없다. 우선 우리나라의 장아찌는 산미보다는 염도가 훨씬 더 세다. 반면 뉴욕의 피클은 상큼한 산미가 특징이다. 그래서 피클은 확실히 여름에 더 생각난다.

뉴욕의 유대인들은 오이피클이 자신들의 전통 음식이라고 이야기한다. 재미있는 건(혹시 저만 재미있는 걸까요?) 이 유대인이 만드는 피클에는 식초가 들어가지 않는다는 사실이다. 뉴욕에서 피클을 만들어 팔기 시작한 사람들은 동유럽에서 온 유대인 이민자들이었다. 이들에게 식초는 꽤 비싼 재료였고 그래서 소금물로만 피클을 만들었다고 한다. 이 피클의 산미는 락토 발효(lacto fermentation)를 통해 만들어진다. 김치의 신맛을 만들어내는 원리와 같다. 뉴욕의 피클은 정말 장아찌보다는 김치에 훨씬 더 가까운 음식인 것이다. 그리고 김치처럼 집에서도 쉽게 만들 수 있다.

뉴욕 어디서나 쉽게 다양한 피클을 구할 수 있지만 로어이스트사이드(Lower East Side)가 가장 유명하다. 이 거리는 대를 이어 진지하게 피클을 만드는 사람들이 아직 남아 있는 곳이다. 20세기 초반 에섹스스트리트(Essex Street)에는 80개가 넘는 피클 가게들이 있어 '피클 스트리트(Pickle Street)'라고 불렸다고 한다. 하지만 도시가 발전하면서 이런 피클집들은 점차 사라지거나 외곽으로 밀려나 대형화되었다. 21세기로 넘어오면서 85년이나 그 자리를 지키던 거스피클스(Guss' Pickles)도 문을 닫았지만 그곳에서 일하던 앨런 코프먼(Alan Kaufman)이 2003년에 오픈한 피클가이즈(Pickle Guys)를 통해 겨우 이 거리의 명맥이 유지되고 있다.

피클가이즈의 레시피는 간단하다. 주재료에 마늘과 각종 향신료를 넣어 소금에 절인다. 길게는 6개월까지 보관할 수 있다. 흔히 먹는 오이피클뿐만 아니라 토마토, 오크라, 망고, 수박, 파인애플 등 온갖 야채와 과일 들이 피클의 재료가 된다. 오이피클은 보통 피클용 오이로 알려진 작은 크기의 커비(Kirby)라는 품종을 사용한다. 오이의 향도 풍부하고 식감도 무르지 않은 데다가 껍질이 두껍지 않아 염분이 잘 침투해서 피클로 만들기에 적당하다.

오이피클은 익은 정도에 따라 네 가지로 나눠서 판매한다. 막 담근 프레시 피클(fresh pickle)은 피클의 맛이 충분히 들지 않아 오이의 아삭한 식감이 그대로 남아 있으면서 개운한 산미가 있다. 북한산 등산 길에 들고 가서 목마를 때 하나 먹고 싶을 정도다. 집에 오래 두고 먹을 '김장용 피클'은 프레시 피클이나 4분의 1쯤 익은 피클이 적당하다. 보통 한 달이 넘어가면 완전히 익은 사워 피클(sour pickle)이 된다. 그 쓰임도 조금씩 다르다. 파스트라미나 참치샌드위치에는 잘 익은 사워 피클이, 햄버거에는 2분의 1 정도 익은 피클이 잘 어울린다고 하니 오이피클에도 나름 섬세한 세계가 있는 것이다.

과거 유럽에서 넘어온 노동자들은 로어이스트사이드에 많이 정착했다. 흔히 뉴욕을 다양한 인종과 문화가 모여 있는 '용광로(melting pot)'라고 묘사하는데 로어이스트사이드는 뉴욕이라는 용광로에 쇳물이 부어지는 곳이었다. 이곳에 터를 잡은 유대인 이민자들의 흔적은 아직도 여기저기 남아 있다. 피클 스트리트뿐 아니라 파스트라미샌드위치로 유명한, 1888년에 문을 연 카츠델리카트슨(Katz's Delicatessen)과 1914년에 문을 연 러스앤드도터스(Russ & Daughters)는 100년이 넘도록 한결같이 이 지역을 지키고 있는 유대인의 노포들이다.

이곳은 2000년대 이후로 빠르게 젠트리피케이션을 겪었다. 다닥다닥 붙어 있는 이민자들의 거주지 테너먼트(Tenement)와 녹슨 비상 철제 계단으로 상징되는 이 거리의 풍경은 계속 변화하고 있다. 지난 세기 막 뉴욕에 도착한 수많은 노동자가 터를 잡은 곳이자 전위적인 작가들과 음악가들이 모여 살았던 로어이스트사이드는 이제 뉴욕에서 가장 힙한 동네 중 하나가 되었다. 피클집들이 사라진 자리에는 새로운 레스토랑과 갤러리 들이 들어섰고, 매일 밤 패션 피플과 아티스트, 힙스터 들이 모여 파티를 연다. 벨벳언더그라운드(Velvet Underground)의 루 리드가 월세 38달러를 내며 살았던 방은 이제 월세 3800달러를 내도 부족한 곳이 되었다. 오래된 노포들이 있던 자리는 결국 헐리고 그 자리에 더 많은 스타벅스와 자라 매장이 생길 것이다.

매년 얼굴에 적당히 땀이 맺히는 5월 말이 되면 에섹스스트리트에 간다. 월하 준비를 위해 피클을 잔뜩 사고, 맛이나 보라며 건네는 막 담근 오이 피클 하나를 한 입 베어 문다. 아삭, 하고 쪼개지는 소리와 입안에 퍼지는 푸른 빛깔의 맛은 여름을 공감각적으로 느끼게 해준다. 여전히 로어이스트사이드에는 나 같은 새로운 이민자들이 다른 이민자들이 만든 음식을 먹고, 그 음식을 통해 다른 문화를 기꺼이 받아들이고 동시에 자신의 정체성을 유지하면서 자연스럽게 뒤섞여 살고 있다. 젠트리피케이션은 거주민들을 소외시키는 부정적 상업화일까, 아니면 긍정적인 도시 발전 과정의 일부일까? 되돌릴 수 없는 거대한 변화 속에서 무력감이 들 때도 있고 때로는 슬퍼지기도 하지만 새로 생겨나는 것들을 기꺼이 끌어안고, 사라져가는 것들을 적절하게 기억 속에 담아두는 것이 지금 당장의 최선일지도 모른다. 뉴욕은 정말 끊임없이 변화하는 곳이면서 동시에 변화하지 않고 오래 남아 새것들과 공존하는 도시이다. 로어이스트사이드의 피클 골목은 그 대표적인 사례이다. 오이피클을 하나 더 꺼내 물고서 '아련하고 간질거리는 비애'에 대해 생각한다.

근본주의자의 햄버거

우선 내가 햄버거 근본주의자라는 것을 미리 밝히는 것이 좋겠다. 햄버거 근본주의자란 이상적인 햄버거가 존재한다고 믿는 사람이다. 그리고 급진적인 스타일의 햄버거보다는 소고기 패티를 빵 사이에 끼워서 먹는다는 본질이 지켜져야 한다고 생각하는 보수주의자이며, 동시에 손으로 들고 먹을 수도 없이 너무 많은 재료를 넣는 탐욕스러운 햄버거를 배격하는 금욕주의자이기도 하다.

햄버거는 생각보다 완벽한 음식이다. 영양학적으로도 탄단지(탄수화물, 단백질, 지방)의 비율이 적당하다(프렌치프라이는 잠시 잊어주세요). 그리고 꽤 보편적인 형태의 음식이다. 모든 문화권에서 육류에 채소를 곁들여 탄수화물과 먹는 문화가 있다. 피자의 도는 햄이나 치즈, 육류의 운반체 역할을 한다. 토르티야에 채소와 고기를 싸서 먹는 타코, 빵 사이에 케밥을 넣어 채소와 함께 먹는 되너(Döner) 케밥도 마찬가지다. 햄버거도 다진 소고기를 구워 토마토, 양상추, 양파 등을 빵에 담아서 먹는 보편적인 음식 형태 중 하나다. 그래서 햄버거는 복잡할 이유가 없다. 빵 사이에 고기 패티, 그리고 약간의 채소와 치즈로도 충분한 음식이다. 하지만 손으로 들고 먹을 수 있는 햄버거는 굉장한 중용이 필요하다. 풍미를 더하기 위해 소스를 과하게 써서도 안 되고 재료를 많이 넣어서도 안 된다. 잘 구운 패티, 상추, 토마토와 양파 조금, 취향에 따라 치즈와 피클 한 조각이면 충분하다. 여기에서 더 욕심을 낼 때 함정에 빠지게 된다.

많은 종교가 식재료를 엄격하게 제한하듯 햄버거 근본주의자들은 오직 다진 소고기만을 고집한다. 유럽 몇몇 나라의 경우 패티에 돼지고기를 섞기도 한다. 미안하지만 돼지고기를 섞은 햄버거는 다른 이름을 쓰거나 샌드위치로 분류하는 것이 좋겠다. 프라이드치킨 패티도 마찬가지. 파파이스나 KFC 같은 미국의 주요 프랜차이즈들도 감히(?) '치킨 버거'라는 명칭을 쓰지 못한다. 다진 소고기가 들어가지 않았다면 햄버거가 아니라 그냥 '치킨 샌드위치'다. 번은 브리오슈 번이어야 한다. 빵이 고기에 비해 너무 두꺼워도 안 되지만 두께가 충분하지 않아 축축해지는 것도 문제다. 신메뉴에 대한 노력을 폄하하고 싶지는 않지만 라이스 버거는 햄버거로 인정할 수 없다. 밥과 패티를 함께 먹는 건 위상수학적(?)으로 밥이랑 먹는 떡갈비와 구분할 수 없다. 건강을 위한답시고 빵 대신 상추로 싸주며 햄버거라는 이름을 붙인 제품도 있었다. 그건 햄버거가 아니라 떡갈비 상추쌈이다.

'햄버거'라는 이름을 걸고 행해지는 모든 이교도적 행위에 계속 분노할 것이다. 햄버거를 두 동강 내고 날카로운 이쑤시개까지 꽂아 내는 잔인한 행위를 규탄한다. 마치 냉정한 외과 의사처럼 포크와 나이프로 햄버거를 해부하는 행위에 반대한다. 햄버거를 손으로 들고 먹지 못하게 하는 갖가지 채소와 소스를 거부할 것이다. 얼렸다 녹인 것이 분명한 마른 패티는 퇴출당해야 한다. 푸아그라를 쓰고 트러플을 올리는 탐욕스러운 햄버거는 회개하라.

뉴욕은 클래식 햄버거를 먹기 좋은 도시이다. 유명 스테이크하우스의 버거들이 대표적이다. 직접 고기를 삶아 육수를 내는 우리나라의 냉면집들에 수육 메뉴가 반드시 있는 것처럼 자투리 고기가 나올 수밖에 없는 스테이크하우스들도 반드시 버거를 메뉴에 올린다. 피터루거에는 루거 버거가 있고 킨즈도 벤저민(Benjamin)도 자신들만의 버거 메뉴가 있다. 이런 레스토랑들은 비교적 중용을 지키는 근본주의적인 햄버거를 낸다.

내가 뉴욕에서 가장 맛있게 먹었던 햄버거는 뉴욕 에이스호텔(Ace Hotel)의 브레즐린(Breslin)이었다. 이 레스토랑은 양고기 패티를 쓴 램버거로 유명했던 곳이다. 커민마요네즈소스, 그리고 페타 치즈 한 조각과 양파 한 조각으로 천상의 맛을 냈던 메뉴였다. 식당 메뉴에는 램버거만 올라가 있었지만 로비와 룸서비스 메뉴에 소고기 패티 버거가 있어서 아는 사람만 알음알음 주문할 수 있었다. 두툼한 번은 미디엄 레어로 익힌 소고기에서 흘러나온 육즙과 소스를 머금고도 충분히 그 모양을 유지했다. 소고기 패티는 언제나 딱 필요한 만큼 익혀져 나왔다. 베이컨은 먹기 쉽게 잘 잘린 채로 치즈에 버무려져 올려졌기 때문에 손으로 먹는 데 아무런 지장이 없었다. 약간 선을 넘을 듯 말 듯하지만 넘지 않는 경계의 맛. 하지만 이 햄버거는 브레즐린의 폐업과 함께 먹을 수 없게 되었다.

햄버거 근본주의자로서 가장 손쉬운 선택은 쉐이크쉑이다. 지금은 전 세계 곳곳에서 먹을 수 있는 흔한 햄버거가 되었지만, 매디슨스퀘어파크 본점에서 한 시간씩 줄을 서야만 먹을 수 있었던 2010년 즈음의 맛을 잊을 수 없다. 무염 버터를 넣고 구워낸 번, 품위를 잃지 않고 먹을 수 있을 정도로 과하지 않은 한 장의 상추와 두 조각의 토마토, 지방과 살코기의 황금 비율인 2 대 8로 잘 구워내

풍부한 육즙의 패티, 풍미를 극대화시켜주는 아메리칸 치즈와 달콤하면서도 살짝 새콤한 향신료의 향으로 포인트를 주는 소스. 모든 구성 요소가 더할 것도 뺄 것도 없이 적당했다. 그 시절 더블쉑은 뉴욕자연사박물관 같은 곳에 영구 소장되어야 했다고 생각한다.

이상적인 햄버거로 프랜차이즈 제품을 꼽는 건 너무 흔한 선택이지만 애초에 쉐이크쉑은 이런 평범함과 단순함으로 사람들의 마음을 사로잡았다. 그리고 지금까지도 과하지 않은 이상적인 햄버거의 원형을 잘 유지하고 있다. 게다가 뉴욕 물가를 고려했을 때 여전히 비싸지 않다. 여기에 더 이상 무엇을 기대할 수 있을까. 20세기 중반에 프랭크 시내트라, 냇 킹 콜이 즐겨 먹었다는 P.J. 클락스(P.J. Clarke's)의 캐딜락 버거("The Cadillac of burgers!"), J.G. 멜론(Melon)의 버거가 구약이라면, 더블쉑 버거는 신약이다.

사치스러운 피크닉

센트럴파크는 광대하다. 이 규모를 빼고서 센트럴파크를 설명할 수는 없다. 얼마만큼이냐 하면 센트럴파크 자체로 독립된 생태계가 존재해서 이 공원의 생태만 연구하는 생물학자가 있을 정도다. 이쯤 되면 부동산을 사랑하는 도시 출신 이민자는 '맨해튼같이 비싼 땅에…' 같은 뻔한 대사를 칠 수밖에 없다. 그러니까 실용성의 잣대로 보자면 도심의 공원이 이 정도로 클 이유는 없다. 마치 무덤이 이렇게까지 클 필요가 있을까 싶은 이집트의 피라미드를 볼 때와 비슷한 느낌일지도 모르겠다. 심지어 뉴욕에 공원이 센트럴파크 하나만 있는 것도 아니다. 이미 동네마다 규모가 상당한 공원들이 있다. 따라서 센트럴파크는 필요를 위해 존재하는 공간도 아니다. 그런 의미에서 이 공원은 도시가 가질 수 있는 가장 사치스러운 장소일 것이다.

그리고 모두에게 무료이다. 이 공원이 가진 중요한 장점이다. 불필요할 정도로 크고 비싸고 아름다운 것을 모두가 제약 없이 누릴 수 있다. 도시의 공원 입장료가 무료인 건 당연한 것 아니냐고 한다면 꼭 그렇지는 않다. 시민이 낸 세금으로 모두가 함께 쓸 수 있는 공원이나 놀이터를 만들어야 한다는 합의는 생각보다 꽤 최근의 일이다. 쉴 곳이 필요하면 집에 마당을 만들거나 각자 알아서 교외로 나가 자연을 보며 쉬고 오면 되지 않냐고 생각할 수도 있는 것이다(왠지 미국 사람이 할 법한 이야기죠). 여전히 뉴욕에는 그래머시파크처럼 인근 주민만 열쇠로 열고 들어갈 수 있는 공원들이 남아 있다.

센트럴파크가 처음부터 모두를 위한 공원이었던 건 아니다. 공원을 조성하는 과정에서 이 자리에 터를 잡고 살던 아일랜드 농부들, 세네카빌리지에 모여 살던(비어 있는 땅을 무단 점유한 스쾃터로 취급당했지만 교회도 학교도 있는 엄연한 마을이었다) 흑인들을 쫓아내야 했다. 그리고 이 공원이 만들어질 때는 대중교통이 연결되어 있지 않았다. 그래서 59번가까지 마차를 타고 편하게 갈 수 있는 사람들이 주로 이용하는 공간이었다고 한다. 대중교통이 확장되고 공원 주변에 박물관들이 개관하면서부터 이곳은 비로소 다수의 평범한 사람들을 위한 공간이 된다.

모두에게 열려 있는 공원은 자연스럽게 커뮤니티의 중심이 되었다. 센트럴파크를 '뉴욕의 허파'라고 묘사하는 건 너무 진부한 표현이겠지만 실제로 냉혹한 자본주의에 하루에도 몇 번씩 질식할 같은 뉴욕 사람들이 잠시나마 숨을 돌릴 수 있는 공간이다. 한국의 카페가 거실의 기능을 대신하는 공간이라면 뉴욕의 공원은 공공화된 정원 또는 앞마당이다(뉴욕에서 자신만의 정원을 갖는 일은 쉽지 않다). 모든 것이 자본의 논리로 움직일 것 같은 차가운 뉴욕에서 센트럴파크는 돈으로 잘 설명이 되지 않는 몇 안 되는 따뜻한 상징물이다.

오히려 우리나라는 공원이나 놀이터 같은 공간을 민간이 담당하고 있다는 생각이 들 때가 있다. 정부가 굳이 따로 공원을 만들지 않아도 아파트 단지 내 시설들이 그 역할을 해주고 있기 때문이다. 하지만 아파트라는 주거 형태가 고급화될수록 '(그들만의) 커뮤니티'는 폐쇄적으로 변해간다. 반해, 뉴욕의 공원은 센트럴파크웨스트에서 30년째 살고 있는 고급 아파트의 주민이나 이스트할렘의 작은 스튜디오를 룸메이트와 나눠 쓰는 대학생이나 막 뉴욕에 도착해서 게스트하우스에 짐을 푼 여행자 할 것 없이 누구에게나 공평하게 같은 공간을 제공한다.

나는 평소 센트럴파크를 중앙공원이라고 부른다. 그러면 왠지 세계적인 관광도시의 주요한 랜드마크라는 거창함이 사라지고 유년 시절을 보낸 신도시 어디쯤 있는 동네 공원 같은 정겨운 느낌이 든다. 실제로 분당, 일산, 용인 같은 계획도시들에는 반드시 '중앙'이라는 이름의 공원이 있다. 중앙공원이라는 명칭은 굳이 공원 이름을 짓는 데 창의력을 쓰고 싶지 않은 게으른 도시계획 공무원의 작품일 것이라는 합리적 의심을 가지고 있다.

센트럴파크가 왜 중앙공원이냐면 (당연한 이야기입니다만) 맨해튼 중앙에 있는 공원이기 때문이다. 처음에 센트럴파크가 계획될 때는 조금 더 동쪽에 치우친 66번가에서 75번가 정도의 위치였고 규모도 훨씬 작았다고 한다. 후에 많은 논의를 거친 끝에 크기도 커지고 위치도 도시 중앙으로 결정되었다. 덕분에 동쪽에서도 서쪽에서도 남쪽에서도 북쪽에서도 누구나 접근하기 쉬운 모두의 공원이 될 수 있었다. '중앙공원'이라는 명칭은 이 공원의 정체성 그 자체이며 꽤 정확한 번역인 것이다.

중앙공원에는 여러 개의 입구가 있지만 나는 보통 동남쪽 코너에서 산책을 시작한다. 처음 펼쳐지는 탁 트인 평지는 시프메도(Sheep Meadow)다. 이름처럼 실제로 양을 키웠던 곳이라고 한다. 아마도 중앙공원에서 가장 인기 있는 피크닉 장소 중 하나일 것이다. 날씨가 조금만 좋아도 사람들은 햇볕이 잘 드는 여기 잔디밭에 자리를 잡고 누워 선탠을 하거나 책을 읽거나 와인을 마신다. 그 옆쪽으로 '더몰(The Mall)'이라고 불리는 길이 있다. 직선으로 뻗은 길 좌우로 나이를 가늠할 수 없는 큰 느릅나무들이 쭉 줄지어 서 있다.

이 길 끝에는 넘버그 밴드셸(Naumburg Bandshell)이라는 작은 공연장이 있다. 주로 클래식 공연이 열리는 곳이다. 내게는 피아졸라의 1987년 라이브 실황이 녹음된 곳으로 기억된다. 정식 스튜디오 녹음은 아니지만 피아졸라의 디스코그래피 중에서 가장 좋아하는 앨범이다. 피아졸라가 직접 연주한 반도네온 소리를 들을 수 있고, 콘서트 중간중간 그의 육성도 나온다. 연주가 끝나고 브라보 소리와 박수 소리, 사람들의 환호 소리가 그대로 녹음되어 있어서 볼륨 높이고 들으면 정말 함께 공연장에 있는 것 같다. 날씨가 좋을 때는 여기 앉아서 빈 무대를 보며 이 앨범을 듣다 오기도 한다.

베데스다테라스를 지나 서쪽으로 가면 존 레넌이 살던 아파트 더다코타(The Dakota)가 보인다. 그리고 그 앞으로 스트로베리 필즈(Strawberry Fields)가 있다. 존과 요코가 중앙공원을 산책했다면 반드시 지나갔을 법한 위치다. 여기에는 언제나 비틀스 팬들이 모여 있다. 누군가 비틀스의 음악을 연주하고 'IMAGINE'이라고 쓰인 모자이크 위에는 존 레넌을 추모하는 꽃이 놓여 있다.

조금 더 북쪽으로 가면 그레이트론(Great Lawn)이 있다. 매년 6월이 되면 뉴욕필하모닉이 '콘서트 인 더 파크(Concert in the Park)'라는 이름으로 여기에서 무료 공연을 해준다. 이 공연만큼은 달력에 표시해두고 매년 빼놓지 않고 참석한다. 보통 수요일에 하기 때문에 3-4시쯤 자체 단축근무를 선언(?)하고 먹을 것들을 챙겨 그레이트론에 가서 돗자리를 편다. 해가 지고 공연이 시작되면 멘델스존이랄까 드뷔시랄까 여름에 듣기 좋은 클래식 음악이 멀리서 들려온다. 공원의 나무들은 어느새 모두 여름밤의 짙은 푸른색이 되어 있다. 이름처럼 '거대한 잔디밭'을 가득 채운 사람들을 여름의 산들바람, 서머 브리즈(Summer Breeze)가 휘감고 돌아나간다. 실제 공연이 시작될 때쯤에는 와인의 취기가 꽤 올라서 어떤 음악을 들었는지 잘 기억나지 않을 때도 많지만 사실 이 행사에서 중요한 건 음악이나 음향이 아니다. 초여름을 감각화해서 직접 몸으로 느끼게 해준다는 점이다.

뉴욕에서는 9월 중순에서 10월 말까지 교과서

에 실릴 법한 완벽한 가을 날씨를 경험할 수 있다. 습도는 뚝 떨어지고 적당히 시원한 공기가 아침저녁으로 불어와 쾌적하다. 하늘은 청명하고 공기는 쾌청하고 햇볕은 따뜻하다. 이 정도면 뉴욕의 특산물이라고 불러도 좋을 것 같다. 이 계절 센트럴파크는 온통 노란색 빨간색 단풍으로 가득 찬다. 특히 더몰은 나무들이 만들어놓은 단풍 터널이 된다. 재클린오나시스저수지를 둘러싼 원형의 산책로도 온갖 색깔의 단풍으로 뒤덮인다. 어디에 카메라를 대고 셔터를 눌러도 그림 같은 사진이 찍힌다. 가을이 되면 뉴욕 사람들은 아무런 저항 없이 센트럴파크와 사랑에 빠지게 된다.

뉴욕의 겨울은 너무나 혹독해서 『호밀밭의 파수꾼』의 홀든이 센트럴파크의 어린 오리들이 겨우내 어디로 사라져버리는지 걱정하는 게 바로 이해될 정도다(저도 늘 걱정하고 있습니다. 부디 잘 지내고 있길 바랄게요). 하지만 높은 빌딩을 배경으로 눈이 소복이 쌓인 겨울의 센트럴파크는 아름답다. 물론 너무 추워서 직접 센트럴파크에서 사진을 찍는 일은 거의 없다. 따뜻한 이불 속에서 〈Skating in Central Park〉 같은 곡을 틀어놓고 센트럴파크 설경을 찍어 실시간으로 올리는 부지런한 사람들의 인스타를 감상하는 것으로도 충분하다.

뉴욕의 겨울은 너무 길고 지루하기 때문에 모두가 봄을 기다린다. 혹자는 뉴욕의 겨울이 6개월이라고 한다(동의한다). 또는 겨울이 1년에 한 번이 아니라 네 번쯤 찾아온다고 말하는 사람도 있다(역시 동의한다). 뉴욕에서 봄이 왔다는 사실을 가장 먼저 알 수 있는 곳은 역시 센트럴파크다. 어느 날 문득 바람에 실린 칼날이 사라지고 햇살이 따뜻해졌다는 걸 깨닫게 되면 뉴욕 사람들은 약속이라도 한 듯이 한꺼번에 밖으로 쏟아져 나온다. 봄의 첫날 센트럴파크 잔디밭은 그렇게 피크닉을 나온 사람들로 가득 찬다.

뉴욕에 살고 있는 사람이라면 누구나 센트럴파크에 자기만의 피크닉 장소가 하나쯤 있을 것이다. 사람들로 북적이고 일광욕하기 좋은 장소를 찾는 이들이 선호할 만한 시야가 탁 트인 넓은 곳도 있고, 직사광선을 싫어하고 누군가 말을 걸까 봐 조심하는 내향인이 선호하는 조용한 장소도 있다. 특히 나 같은 몰래-공원-와인-드링커라면 행인들에게 잘 드러나지 않는 조금 더 은밀한 곳. 언제 가도 사람이 별로 없고, 행인들 눈에 띄지 않는 사각지대가 존재하며, 적당한 나무 그늘과 양지가 공존하면서, 가까운 거리에 공중 화장실이 있는(와인을 마시려는 사람에게는 매우 중요하다) 곳. 다른 사람에게 공개할 수는 없지만 정확하게 위의 조건을 갖춘 나만의 피크닉 장소가 하나 있다(혹시 비슷한 곳에서 텀블러를 들고 수상한 음료를 홀짝거리며 책을 보는 척하지만 페이지가 잘 넘어가지 않는 사람을 목격한다면, 그 사람이 바로 접니다).

종종 '여기 살고 있는 사람처럼 여행하고 싶은데 무엇을 해야 하나요?'라는 질문을 받고는 한다. (정작 내 입장에서는 언제나 여행자 쪽의 하루가 훨씬 더 모험과 신비로 가득 차 있는 것처럼 보이지만 그럼에도 불구하고) 굳이 현지인처럼 여행하고 싶다면 내가 해줄 수 있는 조언은 시간을 좀 헤프게 쓸 필요가 있다는 것이다. 뉴욕공립도서관 로즈홀에 앉아서 하루 종일 책을 읽는다든가, 아무런 일정 없이 그냥 거리를 걷는 일들. 그런 의미에서 한나절을 통째로 공원에 누워 무용하게 시간을 보내는 피크닉은 한가로운 사치이다. 그리고 센트럴파크는 뉴욕을 낭비하기 가장 좋은 곳이다.

직장인의 갤러리 산책

난 땡땡이 애호가이다. '간헐적 휴식이 업무 효율에 긍정적인 영향을 주기 때문에 생산성 향상을 위함'이라는 것이 공식적 입장이지만, 자본주의에 대한 나만의 소심한 저항이기도 하다("나도 자본주의 너를 어뷰징하겠다!"). 서울에서는 확실히 업무 강도가 셌고 법정 근로 시간을 훌쩍 넘겨서 일을 하던 시절이었기 때문에 약간 '어쩌라고?' 같은 마음이 있었던 것 같다. 그래 봤자 점심시간에 택시 타고 공원 같은 데 가서 캔맥주 한두 개 마시며 벤치에 누워 있다 오는 정도였지만.

뉴욕에서 회사 생활을 하며 놀랐던 건 시간 활용이 직원에게 훨씬 더 많이 위임되어 있다는 사실이다. 일례로 미국에 온 지 얼마 안 되어 관공서에 가야 할 일이 있었는데, 업무 시간에 잠시 자리를 비우겠다고 매니저에게 말했더니 "왜 그걸 나한테 이야기해? 내가 해줘야 할 일이 있어?"라고 해서 살짝 당황했던 기억이 있다. 그러니까 미팅에 불참하는 정도가 아니라면 자리에 있든 없든 아무도 신경 쓰지 않는 것이다. 그래서 사실 지금 상황에서 '땡땡이'라는 말은 애초에 성립하지 않는다. 덕분에 땡땡이의 재미가 조금 퇴색되었다. 감시하는 사람이 없는 땡땡이란 역시 좀 싱겁다.

금요일 오후에는 사무실에 사람도 별로 없고 미팅도 잘 잡히지 않아서 땡땡이의 유혹을 참기 힘들다. 보통 갤러리들은 새 전시를 금요일에 시작하기 때문에 분위기도 평소보다 들떠 있다. 적당히 짐을 챙겨 나와 첼시를 걷는다. 뉴욕에는 메트로폴리탄이나 구겐하임, MoMA, 프릭컬렉션(Frick Collection) 같은 알려진 미술관들, 페이스(Pace)나 가고시안(Gagosian), 데이비드 즈워너(David Zwirner), 하우저 앤드 워스(Hauser & Wirth) 같은 대형 갤러리뿐 아니라 1400개 정도의 크고 작은 갤러리가 곳곳에 퍼져 있다. 특히 과거 공장과 창고들이 많았던 첼시에는 널찍한 공간을 활용하려는 갤러리들이 자연스럽게 모이게 되었다.

언젠가부터 첼시와 트라이베카, 소호, 로어이스트사이드를 잇는 라인을 걸으며 갤러리를 산책하는 것이 나의 최애 땡땡이 코스가 되었다. 갤러리 산책을 시도해보게 된 건 미술을 하는 친구들 덕분이었다. 미디어아티스트인 친구가 뉴욕에 여행 와서 한동안 따라다닌 적이 있다. 그때까지 나에게 로어이스트사이드는 술 마시러 오는 곳이었고 소호는 쇼핑하는 곳이었다. 내가 자주 다녔던 길에 그렇게 많은 갤러리가 숨어 있을 거라고는—내 눈에 보이지 않은 것뿐이었겠지만—상상해본 적이 없었다. 며칠을 함께 다니며 새로운 뉴욕을 알게 된 것 같아서 나도 모르게 여행 온 친구에게 "덕분에 재밌었어"라고 인사를 했을 정도였다.

뉴욕은 워낙 거대한 도시라서 모두가 각자 다른 모습을 보고 간다. 어떤 렌즈를 끼고 보는지에 따라 전혀 다른 곳이 된다. 뮤지컬을 좋아하는 사촌동생은 뮤지컬에 특화된 뉴욕을, 음식을 좋아하는 친구들은 다이닝에 초점을 맞춰 뉴욕을 본다. 음악을 좋아하는 친구는 공연만으로 며칠 일정을 꽉 채우고, 건축을 공부한 지인은 우리 눈에는 단순한 쓰임새밖에 보이지 않는 건물들에서 온갖 이야기를 읽어낸다. 그래서 다양한 직업이나 관심사를 가진 사람들의 눈으로 보는 뉴욕을 좋아하게 되었다.

이 갤러리 산책에 특별히 정해진 방법은 없다. 갤러리가 많은 동네를 정해서 길을 걷다가 작품이 좋아 보이면 무작정 들어가보는 것이다. 그렇게 우연히 들어간 페이스 갤러리에서 한국에서도 못 봤던 유영국 작가의 전시를 보게 된다든가 오래전에 싸이월드 미니홈피에 올려놓았던 앙리 카르티에 브레송의 사진을 실물로 마주하는 행운을 만나기도 한다. 이런 곳들은 전시보단 사실 최종적으로 작품을 파는 것이 목적인 상업 갤러리가 대부분이기 때문에(그래서 입장료가 없다) 왠지 살 생각(과 능력)이 없는 나 같은 사람이 평범한 회사원 차림으로 막 들어가도 되나 싶을 때도 있다. 하지만 자전거 타다가 사이클용 쫄쫄이 바지에 헬멧까지 쓰고 진지하게 그림을 감상하시던 분—알고 보니 미술계의 큰손일 수도 있지만—을 보고 나서 마음가짐을 바꿔 먹게 되었다.

금요일 오후의 땡땡이는 첼시를 거쳐 보통 저녁 무렵의 휘트니미술관에서 끝난다. 금요일의 휘트니미술관을 좋아한다. 더 정확히 이야기하면 금요일 밤 휘트니미술관에 모인 사람들이 좋다. 이 미술관은 금요일 저녁 5시부터 10시까지 무료로 개방된다. 미술이 좋아서 불금을 미술 작품 관람으로 보내는 이들도 있겠지만 애초에 전시에는 큰 관심이 없는 사람도 많다. 휘트니미술관이 소장한 작품을 진지하게 관람하고 싶은 사람들에게 금요일 오후는 반드시 피해야 할 시간대겠지만 또 다른 누군가에게는 친구들과 어울리거나 데이트를 하는 미트패킹(Meatpacking)에서 꽤 근사한 만남의 장이 되어주는 때이기도 한 것이다. 이들을 위해 미술관도 한쪽에 그럴듯한 조명을 켜두고 적당히 신나는 음악을 틀어준다. 이쯤 되면 힘든 한 주를 마치고 땡땡이치는 회사원은 조금 따라가기 어려울 정도로 흥겨워진다.

현대미술을 배경으로 데이트를 하는 연인들, 입장료를 아끼려고 혼잡함을 무릅쓰고 굳이 금요일 밤을 선택한 젊은 여행자, 미술관 카페에서 와인 잔을 들고 열띤 대화를 나누는 사람, 반복되는 화면의 미디어아트 앞에서 멍 때리는 이와 이미 취기가 올라 갤러리와 갤러리를 미묘한 춤을 추며 이동하는 이, 테라스에 나가 입을 맞추는 커플, 그 옆 설치된 조각을 배경으로 친구들과 인스타그램에 올릴 사진을 찍는 사람 들이 뒤섞인 휘트니미술관. 버려진 공장지대였다는 게 잘 상상이 되지 않는 첼시의 거리, 힙한 편집 숍 앞 줄 선 사람들과 샴페인 잔을 들고 새 전시를 축하하러 모인 사람들이 뒤섞이는 소호. 주방용품 도매상 창고 한편에 만들어진 로어이스트사이드의 작은 갤러리. 금요일 오후의 뉴욕은 누구나 땡땡이를 칠 수밖에 없는 도시가 된다. 그리고 뉴욕의 갤러리는 흥겨운 놀이터가 된다.

재즈 클럽

뉴욕은 재즈의 도시이다. 물론 뉴욕이 유일한 재즈의 도시인 것은 아니다. 역사적인 재즈 클럽들이 뉴욕에만 있는 것도 아니다. 재즈의 본고장 미국은 주요 도시들에 좋은 재즈 클럽이 적어도 한두 개씩은 있다. 그리고 정작 재즈가 태어난 도시는 뉴올리언스다. 뉴올리언스가 재즈를 낳은 도시라면 뉴욕은 재즈를 길러낸 도시이다. 장충동 족발집처럼 원조를 따지고 들자면 뉴욕은 원조 집이라고 하긴 힘들다. 하지만 원조 집이 꼭 제일 맛있는 집인 건 아니다. 원조에서 얼마나 발전했는지를 기준으로 한다면 재즈 맛집은 역시 뉴욕이다.

재즈가 과거에는 댄스음악이었다는 사실을 기억할 필요가 있다. 그 시절 재즈는 지금처럼 식당이나 바에서 한가롭게 배경음악으로 흘러나오는 종류의 음악은 아니었던 것이다. 20세기 초반에는 지금으로 치자면 클럽에 울려 퍼지는 하우스나 EDM 같은 음악에 더 가까웠을 것이다. 그러니까 이 장르를 즐기는 가장 좋은 방법은 클럽에 가서 실제로 연주되는 음악을 듣는 것이다. 물론 세월을 거치며 변신을 거듭한 모던재즈가 더 이상 춤을 추기에 좋은 음악은 아닐지 모르지만 적어도 악기가 울리는 공기를 현장에서 직접 느끼는 것이 재즈라는 장르를 제대로 즐기는 방법임에는 틀림없다.

하지만 막상 공연을 보려고 해도 어디로 가야 할지 막막할 때가 있다. 예를 들어 수요일 저녁에 식사를 마치고 술도 한잔했는데 9시쯤 갑자기 공연이 보고 싶어졌다고 하자. 만약 당신이 뉴욕에 있고 재즈를 좋아한다면 100퍼센트의 확률로 그날 저녁 맨해튼이나 브루클린 어딘가에서 재즈 공연을 볼 수 있을 것이다. 재즈 클럽에도 다양한 스타일이 있을 텐데 뉴욕에는 이 모든 선택지가 동시에 존재한다.

뉴욕 재즈 클럽 하면 먼저 떠오르는 블루노트나 버드랜드 같은 유명한 곳도 있다. 찰리 파커, 디지 길레스피, 오스카 피터슨 같은 거장들이 연주했던 유서 깊은 클럽들이지만 왠지 나는 음식을 파는 재즈 클럽에는 별로 가고 싶지 않다. 5분이 넘어가는 연주에 몰입한 연주자가 무대에서 땀을 흘리며 색소폰을 불고 있는데, 한가롭게 테이블에서 감자튀김 먹으면서 '거기 케첩 좀 줄래?' 같은 대화를 나눌 수는 없는 것이다. 왠지 그건 옳지 않은 일처럼 느껴진다.

정말 손을 뻗으면 악기를 건드릴 수 있을 정도로 가까이에서 현장감 있는 연주를 몰입해서 듣고 싶다면 스몰스(Smalls) 같은 작은 클럽에 가는 것이 좋다. 주말이면 밤 12시가 넘어서도 공연을 하는 클럽들이 곳곳에 있다. 역사적인 장소를 찾는다면 비밥(bebop)이라는 장르가 탄생한 민턴스플레이하우스(Minton's Playhouse), 찰리 파커가 자주 연주해서 '버드의 집(Home of the Bird)'이라는 별명으로 알려진 아서스터번(Auther's Tavern)도 있다. 하지만 이 모든 선택지에서 빌리지뱅가드(Village Vanguard)를 빼놓을 수는 없을 것이다. 뉴욕이라는 장소와 재즈의 역사가 가장 깊이 연결되어 있는 클럽이다.

재즈를 좋아하는 사람이라면 웨스트빌리지의 빌리지뱅가드라는 이름을 한 번쯤은 들어봤을 것이다. 이 클럽은 문을 연 지 거의 100년을 바라보는 재즈의 성지이다. 이 장소에서 재즈가 본격적으로 연주되기 시작한 1957년부터 따져보아도 거의 70년이 다 되어간다. 빌 에번스를 비롯해서 존 콜트레인, 소니 롤린스, 죠슈아 레드먼 등등 재즈 역사에 길이 남을 뮤지션들이 이곳을 거쳐 갔다.

재즈를 처음 듣기 시작했을 때 빌 에번스(Bill Evans)의 〈Waltz for Debby〉 마지막 부분 박수 소리의 정체가 궁금했던 적이 있다. 이 곡이 시작될 때 악기 하나하나의 위치가 느껴지는 음장감이나 콘트라베이스 현이 지판에 닿는 소리까지 느껴지는 해상도를 생각하면 당연히 스튜디오에서 녹음되었을 거라고 생각할 수밖에 없다. 그런데 곡이 끝나면 갑자기 박수 소리가 들린다. 뭐지? 현장감을 더하기 위해 동원한 사람들인가? 이 곡이 수록된 앨범이 연주 실황을 녹음한 라이브이고, 이 앨범이 녹음된 장소가 뉴욕의 빌리지뱅가드라는 사실을 한참 뒤에 알게 되었다.

워낙에 유명한 재즈 클럽이기 때문에 언제 가더라도 성지 순례 느낌으로 온 것 같은 재즈 팬들이 몇 사람 꼭 있다. 특히 재즈 저변이 가장 넓은 나라 가운데 하나인 일본에서 온 분들을 많이 만나볼 수 있다. 그리고 그분들은 거의 90퍼센트의 확률로 졸고 있다. 8시 공연은 한국과 일본에서 온, 시차 적응에 실패한 사람에게는 가장 졸릴 시간이기 때문이다(브로드웨이 뮤지컬 극장에서도 비슷한 현상이 관찰된다고 한다). 출장으로 뉴욕을 다닐 때 최대한 일정을 쪼개서 이 클럽에 오곤 했는데 졸지 않으려고 일부러 밤 10시 30분 공연을 보았다. (아주 사소한 팁입니다만 업무에 참고해주세요.)

많은 재즈 명반이 이곳에서 실황으로 녹음

되어 빌리지뱅가드라는 클럽의 이름을 제목에 달고 발매되기도 했다. 그래서 그냥 무작정 'village vanguard'라는 검색어를 구글에 치고 검색되어 나오는 재즈 음반을 찾아서 들어보기도 했다. 그중에서 제일 좋아하는 앨범은 빌 에번스의 《Sunday at the Village Vanguard》이다. 이 음반을 듣다 보면 자연스럽게 일요일에 재즈 클럽 가는 사람들의 마음은 어떤 것일까, 생각해보게 된다. 60년 전의 사람들도 월요일이 오는 게 싫었을까? 그래서 재즈 클럽에 가서 조용히 우울한 마음을 달랬을까? 이 앨범에 수록된 〈Alice in Wonderland〉에는 테이블에 서빙하는 소리, 사람들이 이야기를 나누는 소리가 그대로 녹음되어 있다. 휴일 오후의 한가로운 느낌이 전해지는 1961년 6월 25일 일요일이다.

이 실황이 연주된 지 1주일 뒤에 빌 에번스 트리오의 베이스 연주자 스콧 라파로는 교통사고로 세상을 떠난다. 꽤 젊은 나이였고 더 많은 연주를 남길 수 있었다. 내가 가장 좋아하는 빌 에번스의 음반은 1960년 전후 몇 개의 앨범으로 집중되어 있는데 이 앨범들의 베이스를 모두 스콧 라파로가 연주했다. 그래서 내가 좋아하는 건 사실 빌 에번스가 아니라 스콧 라파로일지도 모른다는 생각을 할 때가 있다.

1961년은 클럽 빌리지뱅가드의 연대기에서—좀 더 거창하게 이야기하면 재즈 역사에서—여러모로 기억될 해이다. 소니 롤린스가 2년 동안 연주와 녹음을 멈추고 잠정적으로 은퇴한 채 윌리엄스버그브리지 위에서 위에서 수행자처럼 연습을 하다가 'The Bridge'라는 앨범을 내면서 다시 무대로 돌아온 곳이 1961년 빌리지뱅가드였다. 존 콜트레인의 《LIVE at the Village Vanguard》도 1961년에 나왔다. 빌리지뱅가드의 실황이 녹음된 《Waltz for Debby》와 《Sunday at the Village Vanguard》가 발매된 해도 1961년이다. 종종 빌리지뱅가드에서 공연을 보면서 1961년 뉴욕을 상상해본다.

내가 그 시대를 살았다면 그리고 운이 좋았다면 소니 롤린스나 존 콜트레인 같은 뮤지션들과 재즈 역사에 길이 남을 어떤 순간을 함께할 수 있었을지도 모른다. 그래서 21세기가 된 지금, 어느 일요일 오후쯤 《Waltz for Debby》나 《Sunday at the Village Vanguard》 레코드를 올려놓고 손주들에게 '여기 이 부분의 박수 소리가 이 할아버지의 박수 소리란다' 같은 이야기를 들려주었을지도.

재즈는 무규칙적이고 즉흥적이면서 지적이다.

화음과 코드 진행은 늘 우리의 예측을 벗어난다. 자유롭고 다른 장르와의 융합을 두려워하지 않으며 무한히 확장한다. 이 음악은 뉴욕이라는 도시를 닮아 있다. 뉴욕에서 재즈가 발전한 것은 그런 의미에서 당연한 인과관계처럼 느껴진다. 지난 세기 내내 7번 애비뉴 한구석 피자집과 세탁소 사이 같은 자리를 지키고 있던 오래된 재즈 클럽의 문을 열고 열다섯 개의 계단을 내려갈 때마다 생각한다. 현재의 뉴욕에 사는 나도 지금 재즈 역사의 한 장면을 목격하고 있는 증인일지도 모른다고.

크리스마스의 차이나타운

화려한 휴일은 사람을 더 외롭게 만든다. 크리스마스 같은 날이 되면 왠지 모를 소외감이 들곤 했다. 그래도 나름 즐겁게 보내려고 노력했다. 계획을 세워 데이트도 하고 친구들과 모임을 만들어 시간을 보내보지만 문득문득 지금 여기보다 더 재미있는 파티가 어디선가 열리고 있을 것 같은 알 수 없는 기분에 사로잡혔다. 그래서 차라리 청개구리 같은 마음으로 (그리고 비수기 애호가로서) 크리스마스에는 가장 크리스마스 같지 않은 곳에 가보기도 했다. 아내와 결혼하기 전에도 크리스마스이브에는 삼각지 '한강집'이나 인사동 '여자만' 같은 선술집에서 만나 마늘 목살과 생태탕이라든가 홍어삼합에 참꼬막 같은 메뉴를 먹었다. 치열한 예약 전쟁에 참전할 필요도 없고 수많은 인파에 치일 일도 없고 크리스마스캐럴이 나오지도 않으며 크리스마스 특별 메뉴를 비싸게 먹을 일도 없는 선택, 밥 먹는 동안 머리 뒤 TV에서 늘 같은 시간에 하는 일일드라마나 9시 뉴스가 흘러나오고 있을 법한 식당들. 이렇게 크리스마스를 잊을 수 있는 장소들에 가서야 근원을 알 수 없는 이상한 소외감에서 벗어날 수 있었다.

언제나 사람들로 북적이는 뉴욕이지만 오히려 크리스마스에는 좀 한산해진다. 다들 각자의 고향을 찾거나 가족 모임을 하고 있어서 나 같은 이민자들이나 크리스마스와 관련 없는 관광객들만 남게 되는 것이다. 한국의 크리스마스가 연인들이 즐거운 시간을 보내는 기념일 분위기라면 뉴욕의 크리스마스는 오히려 한국의 설날이나 추석 같은 명절에 더 가깝다. 미국에서도 크리스마스란 각지에 흩어져 사는 가족들이 한자리에 모여서 서로 선물을 나누고 취업이라든가 결혼이라든가 잔소리를 주고받으며, 종종 서로 싸우고, 칠면조 로스트 같은 비효율적인 음식을 만들어 먹는 날이다. 덕분에 뉴욕에 오고 나서는 조금 다른 종류의 소외감을 느끼게 됐다. 그리고 크리스마스를 가장 크리스마스답지 않게 보내는 우리의 리추얼(ritual)은 뉴욕에서도 자연스럽게 이어지고 있다.

제일 좋아하는 코스는 크리스마스이브 날 저녁 재즈 공연을 보고 밤 늦게까지 하는 차이나타운 식당에서 야식을 먹고 집에 오는 것이다. 크리스마스 날 웬 중국 요리냐고 하겠지만 사실 심야의 차이니스 레스토랑은 미국 크리스마스의 전형적인 클리셰 중 하나다. 실제로도 크리스마스가 있는 주간에는 구글에 '중식당(Chinese Restaurant)'이라는 검색어의 빈도수가 평소보다 거의 두 배까지 늘어난다.

이런 명절 기간에는 뉴욕 식당들의 상당수가 문을 닫는다. 하지만 유대인이나 무슬림처럼 크리스마스가 자신들의 명절 아닌 사람들도 많다. 미처 가족에게 돌아가지 못하는 나 같은 사람들도 있다. 그런 사람들이 찾는 곳이 바로 차이니스 레스토랑이다. 크리스마스의 차이나타운은 이런 명절에도 영업을 해주는 고마운 곳이면서 기독교의 명절날 비기독교인들이 모이는 전통(?)이 이어지는 꽤 뉴욕적인 장소이라고 할 수 있다.

재즈 클럽은 어쩌면 심야의 차이니스 레스토랑보다 더 크리스마스 기분이 나지 않는 곳일지도 모른다. 크리스마스이브 공연을 예약해 몇 년을 꾸준히 다녔지만 '메리 크리스마스!' 같은 인사는 한 번도 들어보지 못했고 크리스마스캐럴을 연주해주는 공연도 없었다. 선명한 초록색 펠트 천이 붙어 있는 벽지에 빨간색 오너먼트 몇 개만 달아도 꽤 그럴듯한 크리스마스 장식이 될 것 같은데 그런 일은 한 번도 일어나지 않았다. 재즈 클럽들이 유독 크리스마스를 보이콧(?)하는 건지 아니면 다른 이유가 있는 건지는 잘 모르겠다. 사실 뉴욕에는 다양한 배경의 사람들이 살고 있고 크리스마스가 모든 이의 명절인 것도 아니니까 그들을 위한 이런 공간이 하나쯤 있는 건 자연스러운 일일지도 모른다. 연중 가장 큰 명절이지만 전혀 명절 느낌이 들지 않는 작은 재즈 클럽, 별다른 인사말도 없이 늘 연주하던 곡을 연주하는 연주자들, 그래도 명절이니까 넉넉히 팁을 놓고 가는 재즈 팬들이 만들어내는 적당한 무심함이 언제나 편안했다. 그들 사이에 있으면 이 오래된, 정체를 알 수 없는 소외감에서 쉽게 벗어날 수 있었다.

뉴욕이라는 도시에서 내가 느끼는 편안함도 사실 비슷하다. 미국 사회에 뿌리내리지 못하고 뉴욕 주류에 영원히 편입될 수 없을 거라는 두려움이 있지만, 한편 변두리에 있어서 안심이 되기도 하는 것이다. 나에게 주어진 적당한 무관심이 만들어내는 뜨겁지도 차갑지도 않은 온기. 나의 크리스마스는 영원히 이들의 크리스마스와 같아질 수 없겠지만 뉴욕이란 도시는 너무나 다양해서 어딘가에는 나 같은 사람이 반드시 존재할 거라는 안도감. 그리고 그런 사람들과 언제든 마주칠 수 있는 장소들.

추운 크리스마스이브 한밤중에 재즈 공연을 보고 따뜻한 에그누들완탕스프를 먹고 차이나타운 거리로 나온다. 잠시 길 위에 서서 북쪽을 향해 고개를 돌리니 리틀 이태리(Little Italy)가 눈에 들어온다. 이 두 거리가 겹쳐져 있는 풍경을 좋아한다. 한자어로 가득한 간판 사이로 멀리 크리스마스 장식과 이탈리아어가 보인다. 누군가에게 '뉴욕 같음'이란 보는 사람을 압도하는 고층 빌딩과 아스팔트 정글이 만들어낸 스카이라인일 수도 있고, 기념품 숍을 가득 채운 자유의 여신상과 옐로캡일 수도 있겠지만, 나에게는 재즈 클럽과 에그누들완탕수프, 한자어 사이로 보이는 이탈리아어 같은 것이다. 영원히 뿌리내리지 못할 것 같은 기분과 영원히 어딘가 소속되지 않아도 괜찮을 것 같은 이 모순된 마음을 시각화해달라고 AI에게 부탁하면 이런 풍경을 그려주지 않을까.

에필로그

『뉴욕』 매거진은 매년 12월 '뉴욕을 사랑하는 이유(Reason to Love New York)'라는 주제로 다양한 사람들에게 기고를 받는다. 2004년에 시작된 이 시리즈는 이제 20회를 넘어섰다. 뉴욕을 사랑할 수밖에 없는 다양한 이유가 지난 20년 동안 수백 개가 쌓여 있는 것이다. 이쯤 되면 '뉴욕이 그 정도인가?' 싶은 생각이 들기도 한다. 사실 한 도시를 좋아할 이유가 이렇게 많기는 쉽지 않으니까. 하지만 사람들은 매년 똑같이 이 질문을 하고 끊임없이 크고 작은 이유를 찾아낸다. 그러다 보니 대답들은 점점 더 사소하고 귀여워진다.

'뉴욕이 좋아?'라는 질문을 받았을 때 1초의 망설임도 없이 '당연하지!'라고 대답했던 시기가 있었다. 하지만 지금 생각하면 나는 그때 새로운 도시에 처음 도착한 사람들이 흔히 경험하는 일종의 '조증'을 겪고 있었던 것 같다. 애초에 무언가를 완벽하게 좋아하거나 반대로 완전히 싫어하는 일은 불가능하다. 양단간의 선택을 하는 대신 우리는 보통 그 사이 어정쩡한 지점에서 왔다 갔다 하고 있다. 어느 시점이 지나면서 이 질문에 확답을 못 하게 되었다. 문득 내 스스로 '뉴욕 좋음'보다는 '뉴욕 싫음' 쪽에 기울어진다는 기분이 들 때는 (아무도 나에게 물어보지 않았지만) 뉴욕을 사랑할 수밖에 없는 나만의 대답을 준비해본다. 그리고 해를 거듭할수록 나의 대답도 점점 사소해져간다.

"굽 높은 구두를 손에 들고 운동화를 신고 바쁘게 출근하는 사람, 딱 맞는 슈트를 입고 스케이트보드를 타고 지나가는 사람, 가던 길을 멈추고 홀린 듯 사진을 찍는 관광객들, 그런 관광객들에게 팔려고 내놓은 형편없는 뉴욕의 풍경화들과 그 사이에 있는 뱅크시의 모조품들, 지하철역 안에서 수백만 달러짜리 바이올린으로 버스킹하는 조슈아 벨과 와이파이 이름을 비틀스의 노래 'GoodDaySunShine'으로 해놓은 이웃, 거리의 어떤 소음에도 깨지 않고 잘 자는 뉴요커 아기들, 그랜드센트럴역 속삭임의 갤러리에 마주 서서 미소 지으며 이야기하는 연인들, 뉴요커가 되는 법을 알려준 친구들, 남이 입던 칼하트 작업복을 수백 달러 주고 사 입는 패션 피플들 사이로 파타고니아 조끼를 입고 지나가는 파이낸스 브로, 자크 데리다의 기고문과 폰섹스 광고가 나란히 실리던 『빌리지 보이스』, 금요일 밤의 미술관, 계획 없이 들른 스트랜드에서 집어 든 오래된 책, 센트럴파크 벤치 위에 새겨진 녹슨 이름들, 두툼한 주말판 『뉴욕타임스』, 늦은 밤 이스트빌리지

코너 델리의 ATM 기계 앞에서 춤을 추는 게이 커플, 라디오를 틀어놓고 새벽의 할렘을 달리는 우버 기사, 공항에서 맨해튼으로 돌아오는 옐로캡 안에서 보는 익숙한 빌딩들, 술에 취해 기억을 잃은 로어이스트사이드의 밤, 공연 끝난 웹스터홀 앞의 담배 냄새, 수요일 밤에 불쑥 갈 수 있는 웨스트빌리지의 재즈 클럽, 새벽 3시에 먹는 피자 슬라이스와 중국 음식, 봄이 되면 보이는 집 앞 오래된 나무들의 연한 초록색, 빌딩 숲 뒤로 지는 여름의 태양과 미드타운의 지린내 사이로 불어오는 이스트리버의 산들바람, 가을의 센트럴파크 단풍 사이로 들려오는 반도네온 연주, 그 앞에 놓인 1달러 팁들 사이 누군가의 20달러 한 장, 지루할 정도로 긴 동부의 겨울과 눈 오는 날 밤 결국 오지 않은 M15-SBS 버스, 심장처럼 빨갛게 번쩍이던 팬데믹의 엠파이어스테이트빌딩, 영원히 끝날 것 같지 않았던 앰뷸런스의 사이렌 소리와 의료진을 응원하던 저녁 7시의 클랙슨 소리, 과하게 더럽고 적당하게 친절한 도시, 결국 어디에도 포스팅하지 못한 채 아이폰 메모장에 남아 있는 뉴욕의 이야기들."

단순한 사랑이란 없다. 사랑이 단순하다고 느껴진다면 아마 그건 욕망에 더 가까운 감정일 것이다. 뉴욕이 좋다고 확신할 수 있었던 시절의 나는 뉴욕을 사랑하기보다는 욕망했던 걸까? 상대의 모든 면을 나열하고 나면 귀납적으로 어렴풋하게나마 감정의 형체를 짐작할 수 있게 된다. 무언가를 좋아하는 일이란 그 대상에 대해 조금 더 장황해지는 것인지도 모른다. 또는 사랑의 가장 사소한 답을 찾아내는 일이다. 나는 지금, 누더기같이 콜라주된 이 모순된 도시를 사랑한다고 고백하는 중이다. 그러니까 앞으로도 이 리스트를 계속 이어가볼게.

나를 만든 세계, 내가 만든 세계
'아무튼'은 나에게 기쁨이자 즐거움이 되는,
생각만 해도 좋은 한 가지를 담은 에세이 시리즈입니다.
위고, **제철소**, **코난북스**, 세 출판사가 함께 펴냅니다.

아무튼, 뉴욕

초판 1쇄 2024년 12월 2일

지은이 신현호
펴낸이 김태형
디자인 일구공
제작 세걸음

펴낸곳 제철소
등록 제2014-000058호
전화 070-7717-1924
팩스 0303-3444-3469

right_season@naver.com
instagram.com/from.rightseason

ISBN 979-11-88343-76-8 02810